極道さんは青春時代もパパで愛妻家

佐倉 温

22694

角川ルビー文庫

目次

口絵・本文イラスト／桜城やや

閑静《かんせい》な住宅街の一角。桁外《けたはず》れに大きな屋敷《やしき》の門には、見た者に畏怖《いふ》を与《あた》える古びた看板がかかっている。

『東雲組《しののめ》』。その看板の示す通り、全国的に勢力を伸《の》ばす極道《ごくどう》組織『東雲組』の本拠地《ほんきょち》である。

元はテキ屋を生業《なりわい》にしていたが、時代の流れに弾《はじ》きだされた者達を呑《の》み込んで、今では極道の世界では知らない者のいないほどに大きな組織となった。

当代の組長は東雲吾郎《ごろう》。拳銃《けんじゅう》や薬の密売をシノギにすることをご法度《はっと》としており、そのお陰《かげ》で東雲組の縄張《なわば》りは他《ほか》の地域よりも治安がよく、近隣《きんりん》住民からはある意味では警察よりも頼《たよ》りにされる存在だ。

だが吾郎は高齢《こうれい》で持病も抱《かか》えており、現在実質的に組を率いているのは、吾郎の息子《むすこ》で若頭《わかがしら》の東雲賢吾《けんご》である。三十を過ぎたばかりの男盛《おとこざか》りで、見目がよく、頭もよい。東雲組の稼《かせ》ぎの基盤《きばん》を根本的に変えてしまうほど、ビジネスマンとしての才能もあった。

いっそ完璧《かんぺき》すぎるほどの賢吾であるが、そんな男にも唯一《ゆいいつ》の弱点がある。

雨宮佐知《あまみやさち》。賢吾の幼馴染《おさななじ》みで今も続く初恋《はつこい》の相手である。近所にある『雨宮医院』を切り盛りする彼は、危《あや》うい魅力《みりょく》を持った美麗《びれい》な男で、常に潤《うる》んでいるかのように見える瞳《ひとみ》と、そのすぐそばに配置された一粒《ひとつぶ》のほくろが、見る者をたまらない気持ちにさせた。

その美しさゆえ、賢吾は佐知に群がる者達を牽制《けんせい》し続けたが、その一方で佐知の嫌《いや》がることはできないと告白もしないまま大人になり、二人の関係はずっとそのまま変わらないかと思われていた。

二人の関係を変えたのは、史《ふみ》との出会いである。吾郎の隠《かく》し子である史を賢吾が実子として引き取ることになり、その際に子育ての協力を佐知に求めたことで、一時は開いていた二人の距離《きょり》が再び縮まることになった。紆余曲折《うよきょくせつ》の末に結ばれた二人は、史と共に家族として歩み始める。

京香《きょうか》の妊娠《にんしん》、史の伯父《おじ》の襲来《しゅうらい》、賢吾の記憶喪失《きおくそうしつ》など、落ち着くことのない毎日を送りながらも、その都度、三人は家族としての絆《きずな》を深めていく。

最初は互《たが》いに遠慮《えんりょ》していた三人は、少しずつ本当の家族になっていくのである。

出会った頃《ころ》、おどおどと大人の顔色を窺《うかが》っていた史はもうおらず、自分の気持ちをひた隠しにしていた佐知ももういない。二人とも、今は心からの笑顔《えがお》を賢吾に向けていた。

そして賢吾もまた、何もかも一人で抱え込む性格を改め、少しずつ、佐知に素直《すなお》な気持ちを吐露《とろ》するようになっていく。

そうして日々は続いていき、やっと穏《おだ》やかな毎日が訪《おとず》れた。……と思った頃、またしても騒《そう》動《どう》の幕は上がるのである。

「ここは、こうだろ？」

「うん」

「で、ここはこう」

「うん、こうでしょ？」

「違《ちが》うって。こうじゃなくて、ここをこうして――」

「ちがうもん！　こうだもん！　あ！」

「な？　違うだろ？　だからここをこうして――」

「ちがうもん！」

思い通りにならないことに怒《おこ》って、史が折り紙をぐちゃぐちゃにして賢吾に投げつける。

「ちゃんとできてたのに！　ぱぱがちがうこというから！」

「違うから違うって言ってやっただけだろ？」

「ちがってないもん！　ぱぱのせいだもん！」

座卓《ざたく》をばんばん叩《たた》いた史は、「きらい！」と賢吾に言葉まで投げつけて佐知のほうに走ってくる。京香がくれた恐竜《きょうりゅう》の着ぐるみパジャマを着ているせいか、余計に怪獣《かいじゅう》に思えて苦笑《くしょう》してしまう。

浴衣《ゆかた》の裾《すそ》を気にしながら賢吾が夕飯を食べた後の食器を洗っていた佐知は、作業を中断して手を拭《ふ》き、頰《ほお》を膨《ふく》らませて足に巻きついてくる史の頭をぽんぽんと叩いた。

「こーら。簡単に嫌《きら》いなんて言わないの」

「だって……ぱぱがわるいんだもん」

コアラよろしくぎゅっと佐知の足を抱《だ》きしめて拗《す》ねる史は、不貞腐《ふてくさ》れていても相変わらず可愛《かわい》い。だがそれを言うと更《さら》に拗ねるのは目に見えているので、佐知はこほんと咳払《せきばら》いして史の膨れた頰を突《つつ》いた。

「パパに折り紙を教えてって言ったのは史だろ？　分かんなかったから教えてもらってたんだよな？」

「そうだけど……」

初めて会った時にはおどおどしてほとんど口を開かなかった史が、いつしか笑顔を見せてくれるようになり、自分の気持ちを言葉にできるようになって、時々は佐知と賢吾に文句を言うようになった。

そんな成長を喜んでいたら、とうとうやってきたのだ、あれが。

反抗期《はんこうき》。

史が賢吾と佐知に嫌いだ馬鹿《ばか》だと怒って家出したあの時、とうとう史に反抗期がやってきたと微笑《ほほえ》ましく思っていたのだが、本当の反抗期はそんなものではなかった。

昨日まで好きだった服を嫌いだと言い出し、自分の思い通りにならないと嫌いと怒る。毎日嫌いのオンパレードだ。駄々《だだ》を捏《こ》ねて泣く様は怪獣さながらである。

本来なら、もう少し幼い頃に第一次反抗期などと呼ばれる時期が来るのかもしれないが、史の生《お》い立ちや性格を考えた時、忙《いそが》しい母に我が儘《まま》を言ったりはできなかっただろう。それを思うと、今こうして史が反抗期を迎《むか》えたことは喜ばしいことなのかもしれない。

第一次反抗期はいやいや期や駄々捏ねなどと言われたりもするが、幼い子供が自分なりに親の愛情を確認《かくにん》する時期だとも言われている。なので、佐知と賢吾としてはいくらでも付き合う覚悟《かくご》でいる訳だが、佐知は史から発せられる嫌いというワードに時々はぐっさりと傷ついてしまう。そんな佐知とは違って賢吾はいつだって飄々《ひょうひょう》としていて、それが余計に気に入らないのか、最近の史の嫌いの標的はもっぱら賢吾となっていた。

「上手《うま》くできなかったからってパパに怒るのは間違《まちが》ってるだろ？」

「だって！　ぱぱがちがうんだもん！」

「いや、俺はあってる」

帰ってくるなり史に捕《つか》まった賢吾はまだYシャツにスラックス姿のままで、こちらを覗《のぞ》くために両手を後ろ手についた体勢でそんな言葉をかける。

「ちがうもん！」

賢吾の言葉には、史は脊髄《せきずい》反射のように素早《すばや》く反応する。分かっているくせに、にやにやしながらからかう賢吾が悪い。佐知は史に気づかれない角度で賢吾を睨《にら》んだ。

「史。折り紙は、保育園の宿題なんだろ？　俺は折り紙を教えてあげられないから、パパに教えてもらわないと宿題が終わらないぞ？」

「う……」

今度、保育園の皆《みんな》で折り紙を使って大きな作品を作るので、それぞれ家で作り方を練習してくることになったのだ。折り紙ぐらいできるだろうと佐知は簡単に考えていたのだが、実際にやってみると今時の折り紙はなかなか難しかった。意外な才能を発揮した賢吾が最初に作り方を覚え、それで史は賢吾に教えてもらうことになったはずだった。

「今週中にできるようにならないといけないんだったよな。でも明日《あした》は朝から今井《いまい》の運動会の応援《おうえん》に行くんだろ？」

東雲組の組員の中では若手の今井は、現在近くにある九条《くじょう》学園という定時制高校に通っている。今井が運動会のプログラムをおずおずと差し出してきたのは二週間前で、その時から史は絶対に応援に行くと張り切っていたのだ。

明日は日曜日。宿題のお披露目《ひろめ》は休み明けの月曜日だ。運動会に行くなら、折り紙の練習に割《さ》ける時間は今夜しかない。

「明日は折り紙の練習をする暇《ひま》はたぶんないと思う。宿題できなくていいのか？　史は難しいところを引き受けてきたんだろ？」

「……だって」

宿題ができなくていい訳はない。だが、パパが違うと言った手前、今更《いまさら》それを言い出せない。とうとううるっと瞳を潤ませた史の表情からその葛藤《かっとう》が分かって、佐知はため息を吐《つ》きたくなる気持ちを堪《こら》えながら史の頭をくしゃくしゃと撫《な》でた。

ちゃんと謝りなさいと正論をぶつけるのは簡単だ。だが反抗期の史は一筋縄《ひとすじなわ》ではいかない。先日同じような状況《じょうきょう》でそう言った時は、癇癪玉《かんしゃくだま》がばちんと弾《はじ》けるように烈火《れっか》の如《ごと》く怒り出し、手が付けられなくなったのだ。

「どうする？」

史自身に委《ゆだ》ねると、小さく「ごめんなさい」と言った。

反抗期とはいっても、史本来の素直な部分が失われた訳ではない。史だって自分の感情が上手くコントロールできなくて戸惑《とまど》っているのだ。

「いーいーよー」

賢吾は保育園で子供同士が喧嘩《けんか》して仲直りした時の決まり文句を口にして、それから何でもない顔で史に手招きする。

「ほら、もう一回一緒《いっしょ》にやろうぜ」

「うん！」

ほっとした顔で賢吾に駆《か》け寄る史を見送ると、その先にいる賢吾と目が合った。

『お疲《つか》れ様』

視線だけでそう話しかけて苦笑すると、賢吾は黙《だま》ったままひょいと肩《かた》を竦《すく》める。

「ぱぱ、ここからもういっかいね！」

「よし、ここからな」

子育てというものは、楽しくも大変だ。


「寝《ね》たか？」

「うん。あっさり」

史を寝かしつけてそうっと廊下《ろうか》に出たら、ちょうど通りかかった賢吾に声をかけられた。

「風呂《ふろ》？」

「ああ。今日は予定が狂《くる》ったからな」

いつもなら賢吾もとっくに風呂に入っている時間だが、今日は仕事で遅《おそ》くなり、しかも帰るなり折り紙を教えろと史に捕まって入りそびれたのだ。先刻の騒動《そうどう》を思い出して苦笑すると、賢吾も釣《つ》られてくくっと笑う。

雨宮医院には子供もよく来る。佐知に対しても嫌《いや》だ嫌いだと泣く子供もいて、途方《とほう》に暮れた母親が『今、反抗期の真っ最中で……』と疲れ切った表情を見せることもよくあった。そのたびに佐知は『これも成長の過程ですから』などと言っていたが、今すぐあの頃《ころ》の自分をぶん殴《なぐ》りに行きたい。

史と一緒に暮らすようになってから、子育てに対する知識がいかに机上《きじょう》の空論であるかを思い知らされる毎日だ。

大して史の標的になっていない自分がこうなのだから、賢吾の心労はどれほどか。でも賢吾はそんな表情を微塵《みじん》も見せない。今だって佐知を労《いた》わるように頭を撫でてくれる。

「お前、今仕事が忙しいんだろ？　それなのに、押しつけたみたいになってごめんな」

ここのところ、賢吾は特に忙しそうだ。ここしばらくやっていた仕事が大詰《おおづ》めを迎えているらしく、今日だって夕飯には間に合わなかった。佐知と史が風呂に入ってから帰ってきて、遅《おく》れて一人で食べたのだ。そしてその際に史に捕まった。

「いや。お前だって、仕事をしてるのは一緒だろ。それなのに、お前にばっか史のことを任せちまって悪《わり》ぃなとは思ってんだよ」

賢吾のこういう、やってもらうことを当たり前だと思わないところが、佐知はものすごく好きだ。もちろん、賢吾のためにできることは何だってやりたいと思っているし、そうしてやったことに対して感謝されたいなんて思っている訳ではないけれど、こうして言葉にされると心が軽くなる。

「そんなことより、せっかくだからお前も一緒に風呂に入ろうぜ」

「俺、もう入ったんだけど」

嫌そうに一応言ってはみたけれど、こんなものはただの照れ隠《かく》しだとバレている。賢吾に手を引かれて歩かされても抵抗《ていこう》しない時点で、佐知の負けだ。

それでもあえてそこをからかってこない賢吾の優《やさ》しさに、佐知はいつも感謝している。

相手が賢吾でなければ、同性に抱《だ》かれるなんて選択肢《せんたくし》は絶対になかった。賢吾だったから、抱かれてもいい、いや、抱かれたいと思う。

佐知を初めて抱いた後も、賢吾の佐知に対するスタンスは何一つ変わらなかった。セックスの最中のことを持ち出してからかったりすることもない。むしろ男としての性《さが》を誰《だれ》より理解しているからか、誰かを抱きたくなったら俺を抱けと言う。そんな賢吾だから、佐知も安心して体を委ねられるのだ。

何だか悔《くや》しいのだが、毎日賢吾の恰好《かっこ》良さに惚《ほ》れている。こういうところが好きだ、ああいうところが好きだ、と好きが増していく生活はとても幸せだ。

「どうぞ」

脱衣《だつい》所の扉《とびら》を開けて促《うなが》され、佐知は仕方なさそうな顔を作りながら中に入った。

最近は賢吾の仕事が忙《いそが》しかったから、二人で夜を過ごすのは久々だ。久しぶりだと思うと緊《きん》張《ちょう》してしまうのは何故《なぜ》なんだろう。繋《つな》いだ指先からバレてしまわないか心配になる。

「み、見るなよ」

賢吾の視線に気づき、背中を向けて帯を解《ほど》く。ぱぱっと服を脱《ぬ》ぎ捨てる賢吾と違《ちが》って、浴衣《ゆかた》を脱ぎ落とすのに勇気が要《い》る。もう何度となく見られて、賢吾が見ていないところなどない体だと分かっているのに、賢吾がほんのりと夜の空気を纏《まと》っているのに気づいてしまうと、途端《とたん》に恥《は》ずかしくなってしまう。

「手伝ってやろうか？」

賢吾の手が背後から浴衣をはだけさせ、露《あら》わになった肩に唇《くちびる》が触《ふ》れた。たったそれだけのことで声が漏《も》れそうになって、息を嚙《か》み殺す。

背中から抱きしめられ、恥ずかしさで反射的に賢吾の腕《うで》を振《ふ》り払《はら》いかけた時、耳元で賢吾が囁《ささや》いた。

「今日はすげえ疲れた」

その言葉に、体から力が抜《ぬ》ける。

ずるいなあ。いつだって賢吾は、佐知が受け入れやすいように甘やかすのだ。

「甘やかしてくれよ」

甘やかされているのはこちらのほうなのに、賢吾は佐知のうなじにすりすりと鼻を擦《こす》りつけ、そんな言葉で誘《さそ》いかける。

「明日《あした》は、今井の運動会だから……ちょっとだけ……ぁっ」

組員達の何人かも応援《おうえん》に行くと言っていたから、全員分の弁当を作るために早起きをしなくてはならない。足腰《あしこし》が立たなくなったら困る。……困るけど、賢吾と触れ合いたい。

「分かってる。ちょっとだけ、な」

遠回しな肯定《こうてい》を正しく受け取って、賢吾の手が佐知の浴衣を足元に落とした。素肌《すはだ》が空気に触れ、寒さと期待でぶわりと鳥肌《とりはだ》が立つ。背後から抱きしめ直され、首筋と肩に舌が這《は》った。

「あ……ここ、で……？」

脱衣所には大きな洗面化粧台《けしょうだい》が置かれている。賢吾の指に胸の尖《とが》りを弄《いじ》られ、ふらつきそうな体を支えようと洗面台に手をついた。

「今すぐ入れてえ。駄目《だめ》か？」

許可を求めているくせに、答える前に蕾《つぼみ》に指が入り込む。きゅっと力を込めると、呑《の》み込まれるように上手《うま》く奥に侵入《しんにゅう》された。

「あ、あ、でも、まだ……っ」

賢吾を受け入れるための器官ではないそこは、ほんの数日触れ合わなかっただけで、硬《かた》く狭《せま》く閉じてしまっている。

本音を言えば、佐知だってすぐにでも貫《つらぬ》かれたい。だが、そうできない己《おのれ》の体に苛立《いらだ》ちを感じた。

「佐知、動くなよ……？」

え？　と声を上げるより早く、尻《しり》を割り拓《ひら》かれる。

「あ、馬鹿《ばか》っ、やだやだっ、やめろって！」

何をされるのか分かって後ろ手に止めようとしたが、背後で跪《ひざまず》く賢吾の行動のほうが素早《すばや》かった。

「あ、やだってっ、あ、あ、あっ」

ぬるりとした舌が、佐知の奥に入り込んでくる。洗面ボウルの縁《ふち》を掴《つか》み、佐知はぐっと声を噛み殺した。

風呂には入ったし、賢吾とこうなる可能性を考えてトイレでこっそり中を綺麗《きれい》にもしていたけれど、だからといってこんなことをされることに抵抗がなくなる訳じゃない。

すごく善《い》い。とんでもなく善い。内腿《うちもも》が震《ふる》えて、隠すこともできずにひくひくと賢吾の舌に快感を曝《さら》け出す。だけど佐知は、こうされることがすごく恥ずかしい。だけど……恥ずかしさがもっと快感を連れてきて、だから余計に恥ずかしくなる。

「いや、やだ……っ、あ、あ、あ……っ」

「嘘《うそ》はなし、だろ？」

舌が出ていったと思ったら、二本の指が入り込んできて奥を開かれた。そうしてまたすぐに舌が戻《もど》ってきて、指と舌の両方に快楽を与《あた》えられる。

セックスの時は嘘を吐《つ》かない。それが賢吾に教えられたマナーだった。お互《たが》いが気持ちよくなるためには、正直であらねばならない。自分だけが一方的に享受《きょうじゅ》するのではなく、賢吾のことも気持ちよくしたいなら、羞恥《しゅうち》など邪魔《じゃま》なだけなのだ。

「あ、あ、きもちい……っ、そこ、あ、あっ、そこが……っ」

ぐっと気持ちよさにつま先を立てると、張りつめた自分の性器が冷たい蛇口《じゃぐち》に当たる。その感触《かんしょく》に驚《おどろ》いて、ぴちゃりとそこから白濁《はくだく》が漏れた。

「佐知、そろそろ、いいか？」

立ち上がった賢吾に、鏡越《ご》しにそう問われる。こくこくと頷《うなず》くのが精一杯《せいいっぱい》だったが、賢吾はちゅっと肩口《かたぐち》にキスを落とし、大きな手で佐知の腰《こし》を摑んだ。

あ、来る。

蕾にぐちゅりと硬いものが押し当てられ、無意識にはっと呼吸を逃《に》がす。上手にできた佐知を褒《ほ》めるように賢吾の唇が耳朶《じだ》に触れ、艶《つや》めいた吐息《といき》を注ぎ込まれた。

「あ、あ……あぁ……」

奥まで貫かれるその瞬間《しゅんかん》の、自分のみっともない表情が鏡に映っている。瞳《ひとみ》を潤《うる》ませ、今にも涎《よだれ》を垂らしそうなその顔を、鏡越しに余すことなく賢吾に見られた。

「気持ちいいか？」

「ん、ん……っ」

ぐっと押し込まれ、そのまま動きを止めた賢吾が、もうすでにぐちょぐちょの佐知の性器に指を這わせる。

「ここは、どうする？　して欲しいか？　それとも、したい？」

して欲しい気持ちもあるけれど、そうしたら賢吾は好きに動けない。もうこうなったら揺《ゆ》さぶって、激しく突《つ》いて、とにかくとびきりの快楽が欲しいのだ。

「す、する……自分で……っ」

自らの手でそこを握《にぎ》りこんで、ゆるゆると扱《しご》く。それだけで中の賢吾を食い締《し》めてしまって恥ずかしい。恥ずかしいのに、それがすごく気持ちよくて、手が止まらなくなっていく。

「あ、あ、恥ずかし……あ、あ、見ない、で……っ」

「もっと曝け出せよ、佐知。お前の全部が、見たい」

「ア……ッ！」

かぷり、と耳朶に歯を立てられて、体がぴたりと一つになるほど奥に入り込んだまま、賢吾の指が佐知の胸の尖りを弄ってくる。鏡に映ったそこは恥ずかしいぐらいに膨《ふく》れて、そのいやらしさが興奮を倍増させた。

「あ、あ、そこ、あ、いいっ、あ、きもち、い……っ」

鏡の中の自分は快楽を追うのに必死だ。せわしなく手を動かし、奥をかき混ぜる賢吾の動きに呼応して腰も揺れる。そしてその背後には、同じように快楽を追う賢吾の艶めいた表情があって、だから佐知は安心して溺《おぼ》れることができるのだ。

同じように乱れて、同じように堕《お》ちてくれる。快楽の底に堕ちる時だって、いつでも賢吾が一緒《いっしょ》だ。

「佐知、さち……っ！」

ぱちゅんぱちゅんと大きな音を立て、賢吾の腰の動きが激しくなった。快楽に溺れ、自分の名がただの音の羅列《られつ》に聞こえるこの瞬間が好きだ。佐知のことを気遣《きづか》えないほどに、賢吾が佐知に溺れている証拠《しょうこ》だから。

「あ、あ、いく？　あ、いく？　あ、もう、だめっ、いく、いくっ！」

一緒に達《い》きたい。そう願うのに、快楽に弱い自分はいつだって我慢《がまん》がない。問いかけというよりは懇願《こんがん》を込めて鏡越しに賢吾を見れば、目が合った瞬間に無理やり体をひっくり返された。

「あ、あっ、あ……っ」

「鏡越しじゃ、キスができねえからな」

奥だけではなく、口内も蹂躙《じゅうりん》される。吐息まで奪《うば》う口づけの苦しさに涙《なみだ》が伝ったが、賢吾を抱きしめられる嬉《うれ》しさのほうが勝《まさ》った。

手と足の両方を使って賢吾を捕《つか》まえる。

「あっ、あ、すき……っ、いく、いくっ、あ、あ、いってっ、いって、もう、あ、ア……ッ！」

ほとんど差がなく、二人一緒に高みへと駆《か》け上がる。どくりと奥に注ぎ込まれた感触に尻を震わせ、自らの性器から吐き出される感触に腿を震わせて賢吾を締め付けた。

「……ちょっとだけ、だったんじゃないのか？」

腰を引こうとする賢吾に嫌《いや》だと言う代わりに、両手と両足に力を込める。

「もう、ちょっとだけ……」

小さな呟《つぶや》きを聞き逃《のが》さず、賢吾はちゅっと佐知の唇《くちびる》にキスをくれてから、すりすりと鼻同士を擦り合わせて囁《ささや》いた。

「もうちょっとだけ、な？」

力強い腕《うで》が佐知を抱《だ》き上げ、風呂場《ふろば》へと足を向ける。

そうして二人は『もうちょっとだけ』愛を確かめ合った。佐知が善すぎて泣き出すまで。


「お、朝から張り切ってるな」

Yシャツの胸のボタンを留めながら居間に入ってきた賢吾は、キッチンに立つ佐知を見つけるなりそう言って笑った。

少し気だるげな理由は分かっている。佐知の体にもまだ倦怠感《けんたいかん》は十分すぎるほどに残っていた。ああなる前にちゃんとスマホの目覚ましをセットしておいてよかった。そうでなければ今《いま》頃《ごろ》はまだ布団《ふとん》の中だったに違《ちが》いない。

卵焼きを切っていた手を止め、ぴょこんと撥《は》ねた賢吾の寝《ね》ぐせに触《さわ》る。

「お前はえらくお寝坊《ねぼう》さんだな」

誰《だれ》のせいって？　まあ、俺のせいなんだけど。昨夜《ゆうべ》の自分の乱れ具合を思い出して口元が緩《ゆる》みそうになったのを根性《こんじょう》で堪《こら》える。賢吾はそれを指摘《してき》することなく、「お前だけ早起きさせて悪かったな」と言っておはようのキスを頰《ほお》にくれた。

「ふふ、朝からご馳《ち》走様《そうさま》です」

当たり前の顔でそのキスを受け入れてから、隣《となり》で笑う声にはっとする。舞桜《まお》がいるのをすっかり忘れていた。

「いて！」

慌《あわ》てて賢吾の顔を手で追いやり、「ははは、ほんとこいつ恥《は》ずかしいやつだよなあ！」と全面的に賢吾のせいにする。二人きりの時は当たり前の日常だなんて、口が裂《さ》けても言えない。

小刀祢《ことね》舞桜は、雨宮医院で働く看護師であると共に、賢吾が佐知のもとに送り込んだ護衛兼《けん》スパイでもある。佐知にそのことがバレた時、舞桜は佐知が嫌なら辞《や》めると言ってくれたが、舞桜なしでは雨宮医院は立ち行かないと、佐知が懇願する形で残ってもらうことになった。

舞桜には碧斗《あおと》という名の血の繋《つな》がらない弟がいて、史と同じ保育園に通っている。子育てに関しては佐知よりも先輩《せんぱい》で、子育ての相談に乗ってくれたり史を預かってくれたりと、とても頼《たの》もしい存在だ。

「こ、こっちは朝から大忙《おおいそが》しなんだぞ！　お前も早く手伝えよ！」

「はいはい。これを詰《つ》めてきゃいいのか？」

ほとんど理不尽《りふじん》でしかない八つ当たりなのに、賢吾はそれに怒《おこ》るでもなく素直《すなお》に応じる。自分との器《うつわ》の違いに落ち込みそうになったが、賢吾が勝手に弁当箱におかずを詰め込もうとし始めたので、反射的にぴしゃりと手を叩《たた》き落とした。

「あ、馬鹿《ばか》！　触るなって！　せっかく作ったんだから綺麗《きれい》に詰めたいんだよ！　お前はこっち！」

ご飯が入ったボウルを指差す。

「お前はおむすび担当。舞桜先生に教えてもらいなさい」

初心者が弁当を詰めようだなんて、百年早い。弁当を作る時に一番大事なのは詰める作業なのだ。配置によって見た目が大幅《おおはば》に変わるから、適当に詰めるなんて許せない。

「賢吾さん、俺は厳しいですよ？」

気《き》が利く舞桜は、弁当作りを手伝うために早朝から来てくれていて、すでにかなりの数のおむすびを握ってくれていた。

「佐知に手取り足取り優《やさ》しく教えてもらいてえんだけど」

「却下《きゃっか》」

「賢吾さんのお手製のおむすびだと知ったら、今井さん、きっと泣いて喜びますね」

「……しょうがねえなあ」

面倒臭《めんどうくさ》そうな顔はしているものの、賢吾は腕まくりをして手を洗い始める。こんなにチョロくて大丈夫《だいじょうぶ》か？　佐知は舞桜と顔を見合わせてくすりと笑った。

そうして弁当作りを再開してすぐ、今度は史が居間に飛び込んでくる。

「ねえさち！　うちわできたよ！」

史の両手にはうちわが一つずつ。それぞれに『いまいさん』『がんばれ！』と大きなひらがなシールが貼《は》られ、その周囲にはいくつかのハートマークが配置されている。アイドルのライブなどでたまに見られるあれだ。

「あはは、可愛《かわい》いねえ。朝からそれを作ってたの？」

ちょっとびっくりした顔をした後、舞桜がくしゃりと笑う。

「あのね、もうできてたけどね、かわいいしーるみつけたからまたはったの！」

史が指差したうちわの隅《すみ》っこには、朝開けた子供用のパンについていた星形の可愛いキャラクターシールが貼られていた。

「これだったら簡単に作れるって、あいちゃんのママに教えてもらったんだよなー？」

以前、保育園の運動会でうちわを手作りしてきているママがいて、それを覚えていた史が作りたいと言い出したのだ。

材料は百円ショップで簡単に手に入るものばかりだった。史が作りたいと言い出した時は、さすがに今井が嫌がるんじゃないかと思ったが、史が許可を貰《もら》いに行ったら「嬉しいです！」

と男泣きしていたので安心した。

　そもそも今井はこれまで運動会にまともに参加したことがないらしく、誰かに応援《おうえん》に来てもらうのも初めてだと言っていたので、佐知も俄然《がぜん》張り切っている。史と一緒にうちわを作ろうともしたが、それは賢吾に却下された。

『そんなことして、今井がお前に本気になったらどうするんだ』

　ちょっと何を言っているか分からない。ヤキモチ焼きも大概《たいがい》にして欲しいと思う佐知だ。

「あ、ぱぱ、おむすびつくってるの!?　ぼくもやりたい！」

　不恰好なおむすびを大量生産している賢吾に気づいた史に、賢吾は神妙《しんみょう》に首を振《ふ》る。

「だめだ」

「なんで!?」

「まだパジャマのままだろ？　早く着替《きが》えないと、間に合わなくなるぞ？」

「あ！」

　起きてすぐに作業を始めた史は、恐竜《きょうりゅう》の着ぐるみパジャマ姿であることをようやく思い出して走り出す。

「史！　ちゃんと帽子《ぼうし》も持っていくんだぞ！」

「はーい！」

　尻尾《しっぽ》をうにょんうにょんさせながら廊下《ろうか》をぱたぱたと走る史の足音が遠ざかっていくのを聞

きながら、佐知と賢吾と舞桜は自然と笑顔《えがお》になった。

今日も史が元気で何よりだ。


定時制高校の運動会とは言っても、行われるのは昼だ。住宅街の中にある学校では夜間に音を出すのが難しいためで、例年の出席率はそうよくないらしいと佐知は今井から聞いていたが、グラウンドについてみると意外と人がたくさんいて驚《おどろ》いた。

「あ、来てくれたんすね！」

実行委員に選ばれたと張り切っていた今井が、佐知達を見つけて嬉《うれ》しそうに手を振りながら駆け寄ってくる。いつもは趣味《しゅみ》の悪いチンピラ風の恰好《かっこう》をしている今井のジャージ姿は新鮮《しんせん》だがよく似合っていて、普段《ふだん》の百倍は恰好よく見えた。……というところまで考えたところで、隣の賢吾が鼻を鳴らす。思考にまで干渉《かんしょう》しようとするのはやめて欲しい。

「すごい人だなあ」

「今年はホストの当たり年らしいっすね。そいつらの客が噂《うわさ》を聞きつけて来ちゃったみたいなんすよ」

なるほど。言われて周囲を見回すと、見た目に気を遣《つか》っていそうな若者が多い気がする。

今時のホスト業界は高学歴も当たり前らしいが、今も昔も、色々な事情を持った人間が夜の仕事に集まりやすいことに変わりはない。雨宮医院の患者《かんじゃ》にもホストとして働いている若者が何人かいるが、彼らは先をよく考えていて、自分磨《みが》きに投資を惜《お》しまない。資格取得や大学受験を目指していたり、自ら起業を考えていたりと、なかなかに勤勉である。

「ああ、だからか」

賢吾が何やら分かったような顔で、観覧席に割り当てられている場所に視線を向ける。

「何が、だからか、なんだよ」

「見たことある顔が多いなと思ってな」

「ふーん」

見たことある顔、ねえ。

賢吾が見ていたのは観客席のほうだ。華《はな》やかな姿の女性達が、それぞれ可愛らしいシートを敷《し》いて場所取りをしていた。賢吾に気づいた何人かが、きゃあと嬉しそうに声を上げてこちらに向かって手を振ってくる。

「ふーん」

「勘違《かんちが》いするなよ。うちの店で働いてる女がいるって言ってるだけだぞ？」

「別に、勘違いなんかしてませんけどー？」

ホストクラブにハマってしまい、お金を稼《かせ》ぐために自分も夜の道に入る女性がいることは佐知だって知っている。だから勘違いなんかしていない。全然、してませんけど？

ただ、こうして賢吾が注目を浴びているのを見ると、学生時代を思い出す。

賢吾は昔から無愛想《ぶあいそう》な男で、授業中だっているのかどうか分からないぐらいにやる気のない態度だったのだが、何故《なぜ》か運動会の時だけは違《ちが》っていた。朝から京香が張り切って場所取りをして見に来ていたからかもしれない。

佐知は飛びぬけて運動神経がいい訳ではなかったが、足が速いことが唯一《ゆいいつ》の自慢《じまん》で、リレーでは毎回アンカーを引き受けていた。そして毎回、佐知と一位を競《きそ》うのは賢吾だったのだ。

勝ったことも負けたこともある。負けた時は死ぬほど悔《くや》しかったし、勝った時も死ぬほど嬉しかった。だが運動会の最中、何より佐知を苛々《いらいら》させたのは、女子生徒の黄色い歓声《かんせい》だった。

普段は賢吾の名を呼ぶことすらも躊躇《ちゅうちょ》しているような女子達も、運動会の時だけはここぞとばかりに『東雲くーーん！』と声を張り上げて応援していた。思い出しても苛々する。目立ってちやほやされて、クールぶってても内心ではにやにやしていたに違いない。絶対にそうだ。ムカつく。

「ほら、皆《みんな》がお前に手を振ってるんだから、応《こた》えてやれば？」

賢吾に笑顔を向けながら、ぎりぎりと足を踏《ふ》んでやる。

勘違いなんか全然していない。確かにあの子達の中にはお前の店の子がたくさんいて、お前はあの子達に対して特別な感情はないかもしれないけど、あの子達があぁしてお前のことを好きになるくらいには、無意識にお前が何か恰好いいところを見せたってことなんだろうよ。ああ、やっぱりムカつく。

「ふーん？」

「……お前、ほんとぶっ殺すよ？」

全体重をかける勢いで足を踏んでやっているというのに、今にも頰《ほお》にキスしそうなぐらいの距離《きょり》でにやにや笑う賢吾を睨《にら》みつけた。

「いやあ、今日はいい日だ。朝から佐知のヤキモチ顔が見られるとはな」

「別に、ヤキモチなんか焼いてないもん」

むっと唇《くちびる》を尖《とが》らせる。賢吾はかはっと笑って、それから頰にちゅっとキスをしてきた。

途端《とたん》に沸《わ》き上がる嬌声《きょうせい》。

「お、お前馬鹿《ばか》じゃないのか⁉」

ばしんと賢吾の頰を引っぱたく。恥《は》ずかしい。今すぐここに穴を掘《ほ》って埋《う》まってしまいたいぐらいに恥ずかしい。何が恥ずかしいって、公衆の面前でこんなことをされて、一瞬《いっしゅん》だけ彼女達に対して優越《ゆうえつ》感を持ってしまったのを、おそらく賢吾に気づかれてるってことが一番恥ずかしい。

賢吾は何も言わなかったが、にやにやとしたその笑みだけで十分だ。賢吾の笑みに釣《つ》られるように、今井まではははと笑った。

「今日もお二人の仲が良くて何よりっす」

もう何を言っても藪蛇《やぶへび》になりそうで、佐知はむっと黙《だま》り込む。そんな佐知の頭をよしよしと撫《な》で、賢吾が代わりに答えた。

「おう。そんなことよりお前、呼ばれてるんじゃねえか？」

「あ、ほんとだ！　じゃあ俺ちょっと行ってくるっす！　場所取りは補佐《ほさ》がしてくださってるんで！　あちらです！」

走り去る前に今井が指差した方向を見ると、ひんやりとした視線を向ける伊勢崎《いせざき》がいた。遠目でも十分に『朝早くから人に場所取りをさせておいて、自分達はいちゃいちゃしている訳ですか、今すぐ死んでください』という伊勢崎の無言の圧力を感じる。正直、近づきたくないが、行くしかない。

「ち、違うんだよ、伊勢崎。賢吾が馬鹿だからさ――」

「俺は別に何も言っていませんよ、佐知さん。そういえば、聞かれてもいないことをべらべらとしゃべるのは、後ろめたいことがあるから、らしいですね」

「う……」

伊勢崎は若頭《わかがしら》補佐として賢吾に仕えているが、元々は賢吾と佐知の高校時代からの後輩《こうはい》である。学生時代はまだもう少し可愛《かわい》げというものがあったはずだが、年々立場が弱くなり、今ではすっかり逆転してしまった気がする。まあでも、口うるさいが佐知達のことを大事に思ってくれている、と信じている。たぶん、そのはずだ。

「さあどうぞどうぞ。ここぞとばかりにパワハラを受けた俺が、業務外にもかかわらず若の命令で朝五時から大して並んでもいない場所取りで手に入れた場所です。ご遠慮《えんりょ》なくお好きな場所に座ってください」

口よりも雄弁《ゆうべん》に目が語っていたくせに。言い返したところで何も得などしないことは分かり切っているので、佐知はおとなしくシートの隅《すみ》っこで体育座りをする。

「もう、晴海《はるみ》さん。そんな風に意地悪を言わなくてもいいじゃないですか」

一足先に史を連れて到着《とうちゃく》していた舞桜が、伊勢崎の隣《となり》で水筒《すいとう》のお茶を手渡《てわた》しながら窘《たしな》めてくれたが、伊勢崎は知らん顔でお茶を呑《の》んで「美味《おい》しいよ」と舞桜にだけ笑顔を見せた。相変わらずブレない男だ。

伊勢崎と舞桜がお付き合いというものを始めたのは、つい最近の話だ。かなり昔から二人は一緒《いっしょ》に住んでいたらしいが、伊勢崎はずっと保護者という立場でそばにいて、自らの恋《こい》が叶《かな》う可能性など考えていなかったらしい。伊勢崎がまさかそんな風に一途《いちず》で献身《けんしん》的なタイプだなんて、想像すらしなかった佐知は本気で驚《おどろ》いた。

色々あって無事に思いを通わせた訳だが、それ以来、開き直った伊勢崎ははっきり言って鬱《うっ》陶《とう》しい。愛情表現が露骨《ろこつ》すぎる。

「そうだぞ伊勢崎、お陰《かげ》で舞桜の手作り弁当が食えるんだろうが。俺に感謝しろ」

「賢吾君、君は黙ってなさい」

俺が心の中で思うだけで我慢《がまん》しているのに、お前はどうしてそんなに火に油を注ぎたがるのか。その火の粉を浴びるのは大抵《たいてい》、お前じゃなくて周りなんだぞ。

「はるみ、いじわるばっかいうなよ。さみしくないように、おれがいっしょにならんでやったじゃん」

舞桜の弟の碧斗が、呆《あき》れ顔でよいしょと伊勢崎の膝《ひざ》に座り、舞桜からお茶を受け取る。

暇《ひま》だから自分も行きたいと駄々《だだ》を捏《こ》ねた碧斗は、伊勢崎と共に五時から場所取りをしてくれたらしい。伊勢崎と舞桜が同棲《どうせい》しているのと同じマンションの隣の部屋に住んでいる碧斗は、伊勢崎ともうすっかり家族のようになっていた。

本日は一応伊勢崎も休日なので、いつもよりもラフな恰好だ。碧斗を膝に抱《だ》いていると、休日のお父さん、といった風である。

「絶対に一緒に行くと、駄々を捏ねて泣いたのは誰《だれ》だったかな？」

「な、ないてないっ！」

佐知達を庇《かば》おうとしてくれたばかりに火の粉を浴びる碧斗に申し訳なくて、佐知は慌《あわ》てて声を張り上げる。

「あ、ほら始まるみたいだぞ！」

佐知が指差すと、全員の視線がグラウンドの真ん中に向く。よし、何とか誤魔化《ごまか》すことに成功したぞ。

「お上手ですね、佐知さん」

……素直《すなお》に誤魔化されておいて欲しい。

「あ、いまいさんだ！」

ぞろぞろと生徒が並び出し、旗を立てて紅《あか》組と白組の代表が出てきて選手宣誓《せんせい》を始める。人数は少ないもののなかなか本格的だ。年齢《ねんれい》がばらばらなため、誰が生徒で誰が先生かがはっきりしないところは、定時制あるあるなのかもしれないと思った。

「えっと、最初の競技は何だ？」

持ってきた荷物の中からプログラムを取り出す。運動会があると報告してきた時に、照れながら今井が差し出してくれたものだ。

「ふふ、佐知さん、今井さんが出る競技にマーカーを引いてるんですね」

プログラムを覗《のぞ》き込んだ舞桜に指摘《してき》され、佐知はふふんと自慢げに胸を張る。

「偉《えら》いだろ？　こうしとけば見逃《みのが》さないからな」

「おい、引いとこうって言ったのは俺だろうが。手柄《てがら》を横取りするなよ」

「言ったのはお前かもしれないけど、マーカーを引いたのは俺だもん」

「今井も、お父さんとお母さんに観に来てもらえて、さぞかし嬉《うれ》しいでしょう」

伊勢崎にからかわれる。誰がお母さんだとちょっとはかちんときたが、佐知はそれにだって頷《うなず》いてみせた。

「言っとくけど、俺と賢吾は組員全員の親になった気持ちでいる。ということはだよ、伊勢崎君。もちろん、その中にはお前も入ってるんだからな」

「え」

伊勢崎のこんな表情を見たのは、初めてかもしれない。鳩《はと》が豆鉄砲《まめでっぽう》を食ったみたいな顔だ。

「何て顔してんだ、伊勢崎。甘えたくなったら、いつでも俺達に甘えていいんだぞ、息子《むすこ》よ」

大袈裟《おおげさ》にそう言った賢吾が、ミュージカルの舞台《ぶたい》みたいに大きく手を広げて受け止める体勢を作る。

またそんなことを言ってからかうんだから。すぐに伊勢崎が言い返してくるぞと思ったのに、返ってきたのは戸惑《とまど》ったような声だ。

「俺も、入っていたんですか？」

「え？　むしろ入ってないと思ってたことにびっくりなんですけど。こんなウザい親は要《い》りませんとか言ったら、賢吾と二人で縋《すが》りついて泣いちゃうからな」

「いえ、要らないというか……まあ、要りませんけど」

「要らないんかい」

そんなあっさり言うなよと佐知が笑うと、広げた手の行き場を失った賢吾が代わりに佐知を抱きしめて笑った。

「史と一緒で反抗期《はんこう》なんだよな？」

「ぼくははんこうきなんかじゃないもん！」

途端《とたん》に史から抗議《こうぎ》の声が上がる。

「え？　ふみ、いまさらはんこうきなのか？　おこちゃまだなあ」

ちゃっかり伊勢崎の膝に座っているくせに、胸を張って大人ぶる碧斗に佐知は笑いを噛《か》み殺した。

「だからちがうってば！」

「おれなんか、そんなのもうとっくにおわったぜ」

「嘘《うそ》ばっかり。碧斗はずっと反抗期でしょ」

舞桜にぴんと額を指で弾《はじ》かれて、碧斗が大袈裟に体を揺《ゆ》らす。

「まお！　ようじぎゃくたいだぞ！」

「また始まった。最近それればっかりなんだから」

子供達はテレビですぐに色んな知識を手に入れては、吸収したばかりの知識を使いたがる。史は以前テレビで『セクハラ』という言葉を覚えてしまい、二週間ほど毎日『せくはらしないで！』とセクハラ警察になっていた。主に取り締《し》まられていたのは賢吾で、抱っこすらセクハラだと言われて参っていたことを思い出す。

「あ、ねえさち！　いまいさんがてぇふってるよ！」

笑顔《えがお》でこちらにぶんぶんと手を振《ふ》る今井に、佐知と史が手を振り返す。それに気づいた今井はくしゃっと相好を崩《くず》して笑って、何だか胸がぎゅっとした。

子供の頃《ころ》から苦労の多い今井は落ち着いて見えるが、まだ二十代前半の若者だ。ああして笑う姿は実年齢《じつねんれい》より幼くすら見えて、高校生活を楽しんでいることが窺《うかが》える。

「楽しそうだな」

佐知の心の中に浮《う》かんだ言葉を、賢吾が口にした。

「賢吾ってほんとすごいよな」

「ん？」

「だって賢吾が、今井のことを考えて高校に行かせようと思わなかったら、今の笑顔はなかった訳だから。賢吾が組員一人一人のことをちゃんと考える優《やさ》しさを持ってたから、俺はあの笑顔が見られた。ありがとな」

東雲組では、積極的に組員達に学びの機会を与《あた》えている。それはもし組を離《はな》れることになっても困らないように、という賢吾の親心だ。

「何か、お前に礼を言われるのはくすぐってえな」

賢吾は本当に優しいのに、自分のその優しさを本物だと思っていない。幼い頃から佐知を好きで、佐知に嫌《きら》われない自分でいるために身に付けた、嘘の優しさだと思っているところがあった。だから最近は、賢吾の優しさを見つけたら、その都度言葉にするようにしている。

「それにしても、思ったより規模が大きいな」

「だよな。そういえば、来月は文化祭もあるって今井が言ってた。喫茶店《きっさてん》をやるんだって。楽しみだよなあ」

「売り上げに貢献《こうけん》しに行かねえとな」

「だな」

文化祭かあ。何だか久々でわくわくした。

佐知達が通っていた高校でも毎年文化祭があった。一、二年は生徒会にいたからやることだらけで大変だった。それに、三年生の時は――

「ふみ、つぎはりれーだってさ！」

「いまいさん、はしるかな？」

プログラムを覗き込んでいた碧斗と史の会話に、賢吾がくっと楽しそうに笑う。

「リレーか、懐《なつ》かしいな」

「ああ、お前がいつも張り切ってたリレーね」

何がそんなに楽しいのか。自分が女子にモテていたことでも思い出してにやけているのかと思うと殴《なぐ》りたくなる。

「張り切ってたのはお前だろうが」

「よく言うよ。女子にきゃあきゃあ言われたかったんだろうが」

「きゃあきゃあは言われたかったたな」

「ほら見ろ」

下心が見え見えなんだよ。やだやだ汚《けが》らわしい。これだから賢吾は――

「お前に」

「は？」

俺が、何？　意味を摑《つか》み損《そこ》ねて首を傾《かし》げる。

「リレーの時は、どんなに喧嘩《けんか》してる時でも俺の目を真っすぐに見て、『絶対負けないからな！』って言いに来るんだよな。それで勝ったら『ざまあみろ！』って言いに来て、負けたら『次は絶対負けないからな！』って言いに来る。お前のほうから絶対に話しかけてくる、楽しい日だったなあ」

「…………」

「感動したか？」

「いや、ドン引きした」

え？　そんな理由だったの？　そんな理由で、毎年あんなに張り切ってたの？　馬鹿《ばか》じゃないの？

そんな風に思いながらも、口角が上がるのを止められない。

何だ、そっか。俺の気を引きたかったのか。どんだけ俺のことが好きなんだよ。しょうがないやつ。

「ふふ。確かに、東雲は雨宮の気を引きたくて必死だったよね。懐かしいなあ」

「……っ!?」

突然《とつぜん》背後から聞こえた声に驚《おどろ》いて振り返る。そこにいたのは、人並み外れた容姿を持つ、見《み》目麗《めうるわ》しいスーツ姿の男。

少しだけ癖《くせ》のある栗色《くりいろ》の髪《かみ》に、はっきりとした顔立ち。ごく自然に笑みを浮かべるその姿に、佐知は既視感《きしかん》を覚えた。

図書室。中学の制服。風になびく栗色の髪と柔和《にゅうわ》な微笑《ほほえ》み。断片《だんぺん》的なシーンが、記憶《きおく》を呼び覚ます。

「……月島《つきしま》？」

視線が合って、すぐに誰《だれ》だか分かった。

見た目は大きく変わっている。だって佐知が知っているのは中学生の頃の月島だ。あの頃より身長は高くなり、あの頃からすでに際立《きわだ》っていた容姿はより洗練されて、すぐにはあの月島だと分からないはずだった。

そのはずなのに、佐知にはすぐに分かってしまった。何故《なぜ》なら、あの頃と表情が変わらないから。佐知のよく知る柔和な笑顔。中学の頃、彼のあの表情に学校中が虜《とりこ》になっていた。

「相変わらず見目麗しいな、雨宮は」

すっかり大人になった月島が、あの頃、佐知にだけ見せてくれた温度のある笑顔を向けてくる。今でもこの男の中で自分の立ち位置が変わらないと分かって、佐知はほっと笑みを向けた。

「久しぶり。イギリスに行ったきり一度も連絡《れんらく》をくれなかったから、もうこっちには戻《もど》らないんだと思ってたよ」

「戻ってきたのは最近なんだよ。落ち着いたら連絡しようと思っていたんだけれど、まさかこんなところで会えるなんて思わなかった。運命かな？」

百人が聞いたら九十九人は恋《こい》に落ちそうな言い回しは当時と変わらず、佐知は思わずぷっと噴《ふ》き出した。

「おい」

「よかったら、連絡先を交換《こうかん》してくれないかな？」

「おい」

「ああ、もちろん。近いうちにどこかで食事でも——」

「おい！」

意図的に無視しようとしたが、それを許す男ではなかった。ぐっと佐知の肩《かた》を摑んで自分のほうに引き寄せた賢吾が、あからさまに不機嫌《ふきげん》な声で月島を威嚇《いかく》する。

「透明人間扱《とうめいにんげんあつか》いしやがって。おい、月島。てめえ、俺のことを忘れたんじゃねえだろうな？」

「……誰だったかな？」

「……っ」

「冗談《じょうだん》だよ。久しぶりだね、東雲」

ぐっと眉間《みけん》に皺《しわ》を寄せて月島を睨《にら》みつける賢吾と、柔和な笑顔《えがお》でそれを平然と受け止める月島の姿を見て、佐知は懐かしさを感じて口元を緩《ゆる》める。

この二人は本当に水と油で、中学の頃もこの調子だったのだ。根本的に性格が合わないと当時の賢吾は言っていたが、その認識《にんしき》をたった今再確認したに違《ちが》いない。

「二人は今も一緒《いっしょ》なんだね。もしかしたら東雲はもう死んでいるかもしれないと思っていたけれど、元気そうで何よりだよ」

「勝手に殺すな」

「君は雨宮のためなら平気で自分を犠牲《ぎせい》にできる男だし、君達は二人揃《そろ》ってトラブル体質だしね。中学の頃の君達しか知らないけれど、あのたった数年の間だけでも、君達は十分にトラブルに巻き込まれていただろう？　そして、命に係《かか》わるトラブルに巻き込まれた時には、君は必ず雨宮を守る。だからもしかしたら……と思っただけで、他意はないんだ。君が相変わらずで嬉《うれ》しいよ」

「…………」

佐知の脳裏《のうり》に、血だらけの賢吾の姿が蘇《よみがえ》る。

確かに、賢吾が佐知のために命を投げ出した瞬間《しゅんかん》はあった。賢吾が佐知を庇《かば》って交通事故にあったあの時、ほんの少しでも何かが違っていれば、もしかしたら月島の予測の通りになっていたかもしれない。

「お前、ここで何してんだよ。もしかして高校からやり直してんのか？」

佐知の手の震《ふる》えを、賢吾の手が包み込む。話を変えたのは、これ以上佐知に思い出させないためだろう。何も言わなくても、そうして賢吾に心を守られている。

「はは、面白《おもしろ》いことを言うね、東雲は。取れる学歴は全《すべ》て十代の時に終えているからご心配なく。今はここで教師をしているんだ」

「教師？　お前が？　はっ、冗談も休み休みに言えよ、あり得ねえだろ」

失礼な言い草に賢吾の脇腹《わきばら》を肘《ひじ》で突《つ》きはしたが、佐知からしてみてもおよそ信じられない言葉だった。月島と教師という職業はまったく結びつかない。

月島は天才という言葉が相応《ふさわ》しい男だった。両親の離婚《りこん》によってイギリスから日本に来たが、ずば抜《ぬ》けて高い知能が日本の学校教育に合わず、わずか一年でイギリスに戻ることになってしまったほどだ。

だが佐知は、月島が天才だから教師にならないと思った訳ではない。月島には、佐知しか知らない秘密があった。その秘密を知る以上、佐知からすればまったく信じられない、青天の霹《へき》靂《れき》、だったのだ。

「俺も驚いているんだ。でも、予測のつかないことというのは、楽しいものだよ」

月島はそう言って、わざとらしく首を傾げる。

「それにしても、君達のほうこそここで何をしているんだい？　高校生からやり直しているのかい？」

「な訳ねえだろ。うちの組員がここに通ってるから見に来たんだよ」

「へえ。雨宮も一緒に？」

「お前は昔の俺達しか知らねえが、今の俺と佐知はものすごーく仲良しだからな」

賢吾が佐知の肩を抱《だ》く。隠《かく》すつもりはないので、佐知は苦笑《くしょう》しながら付け足した。

「色々あったけど、今は賢吾と家族になったんだ」

肩を抱く賢吾の手に力が籠《こも》る。嬉しそうにされると余計に照れるからやめて欲しい。

「……へえ。雨宮、東雲と付き合っているの？　俺がちょっといない隙《すき》に面白いことになっていたんだね」

「隙にって何だよ」

賢吾の言葉には答えず、月島はスーツの内ポケットから手帳を取り出し、さらさらと何かを書いて破って佐知に差し出した。マイペースなところは相変わらずだ。

「これ、俺の連絡先。後でここに連絡をくれる？」

「断る」

佐知が受け取るより先に、賢吾が紙を握《にぎ》り潰《つぶ》す。まったくおとなげない。まるで中学の頃《ころ》に戻ってしまったみたいだ。

「お前が断るな」

「俺には断る権利がある」

「ないわ」

「俺の連絡先なら教えてやるぞ」

「東雲、俺と友達になりたいの？　ごめんね、気がついてあげられなくて」

「違《ちげ》えよっ！」

一方的にやり込められる賢吾を見ることはそうない。賢吾にとって、月島は誰よりも相性《あいしょう》の悪い相手だった。

「ほら賢吾、その紙ちょうだい。ごめんな月島、ちゃんと連絡するから」

不貞腐《ふてくさ》れる賢吾の手からぐしゃぐしゃになった紙を奪《うば》い、賢吾の代わりに月島に頭を下げる。

月島はちょっと首を傾《かし》げて笑った。

「分かった。じゃあ俺はそろそろ行くよ。今日はちょっと覗《のぞ》きに来ただけだから」

「先生なのに、最後まで参加しないのか？」

「俺は昼の担当なんだ。今日も本当は休みなんだけれど、やりたいことがあってね。一仕事終えたから休憩《きゅうけい》がてらグラウンドに出てみただけなんだよ。それで雨宮に会えるなんて、俺は運がいい」

九条学園は定時制だけではなく全日制もやっているが、月島は全日制のみを担当しているということか。

「けっ」

賢吾はいかにも運が悪いというような顔をしたが、月島は気にせず「じゃあ」と笑って去って行った。

「お前、ほんとに月島に対して感じが悪いね」

「あいつは嫌《きら》いなんだよ」

「若がそんな風に言うのは珍《めずら》しいですね。……まあ、理由は何となく分かりますが」

去っていく月島の後ろ姿を眺《なが》めながら、伊勢崎がそう言った。

「え？　お前分かるの？」

佐知より賢吾のことを分かっているみたいな口ぶりをされると面白くない。

「伊勢崎は月島のことを知らないだろ？　なのに何で分かるんだよ」

伊勢崎が佐知達と同じ学校に通っていたのは高校からだ。賢吾が自分から中学時代の話をするとも思えない。今の会話だけで分かるなんてあり得るのか。

「話したことはないので人間性までは知りませんが、俺が通っていた塾《じゅく》に一時期だけ奨学生《しょうがくせい》として来ていましたよ。合格率を上げるために塾長《じゅくちょう》がスカウトしてきたらしいんですが、あまりのレベルの高さに講師陣《じん》が自信を無くしてしまって、すぐにやめていきました」

なるほど、月島らしいエピソードだ。天才と相対する時、自分を凡人《ぼんじん》だと認められない凡人はひどく苦しむことになる。彼らは次元が違うのだと、諦《あきら》めることも必要なのだ。

「若とは一番合わないタイプですよね。暖簾《のれん》に腕《うで》押し、とでも言いましょうか」

「お前ぐらい分かりやすいと助かるんだがな」

伊勢崎への賢吾の言葉に、佐知と舞桜は首を傾げる。伊勢崎が分かりやすい？　そんなことを言えるのは、この世で賢吾ぐらいではなかろうか。

「あ、ぱぱ！　ほら、いまいさんがはしるよ！」

うちわを両手に持った史が、そのうちわでばしばしと賢吾を叩《たた》く。

「いてっ、分かった、分かったから！」

月島との再会の衝撃《しょうげき》が大きくて、ここに何しに来たかを忘れそうになっていた。慌《あわ》ててグラウンドに目を向けると、今井がちょうどスタンバイを始めたところで、見逃《みのが》さずに済んだとほっとする。

「あ、動画を撮《と》らなきゃ！」

慌てて舞桜が動画を撮り始める。

何と、今井はアンカーだ。最下位でバトンを受け取ったが、すぐに四位に浮上《ふじょう》して、混戦模様となった前の三人に追いついていく。

「今井ーーー!!」

応援《おうえん》に熱が籠る。あともう少し。もう少しで追いつく。

「そこだーっ、行けーーっ!!」

賢吾の声が耳に届いたかのように、今井が速度を上げた。

集団に追いつく。そして最後の瞬間ゴールテープを切ったのは——

「やったぁ!!」

今井だった。ガッツポーズをした今井は、一位と書かれた旗を受け取り、嬉《うれ》しそうにこちらに手を振《ふ》る。

「さすがうちの今井だ」

満足そうに頷《うなず》く賢吾の代わりに、佐知はカメラを構えてその瞬間をぱしゃりと切り取った。

「うん、いい表情だ」

液晶《えきしよう》画面で写りを確認《かくにん》する。写真家として世界で活躍《かつやく》するクリスにも負けず劣《おと》らずの写真だと自画自賛して、佐知はここにいない組員達のことを思った。

帰ったら、今日来られなかった組員達にも見せてやろう。全員で組を空ける訳にはいかないからと、涙《なみだ》を呑《の》んで留守番している者達も、きっとこの写真を見れば今日の今井の頑張《がんば》りが分かるはずだ。

今日は、皆《みんな》で祝勝会だな。

「午前の患者《かんじゃ》さんは以上です」

待ちに待った舞桜の言葉に、佐知はチェアの背に体を預けて大きく伸《の》びをする。

「はーっ、やっと休憩かー！」

今日は朝から大忙《おおいそが》しだった。隣町《となりまち》の医院が臨時で休みになったらしく、飛び込みの患者さんが増えたためだ。

「お昼は何にします？」

「そうだなあ。今日は唐揚《からあ》げ弁当にしようかなあ」

腹が減っては戦《いくさ》ができぬ。午後の診察《しんさつ》時間までに栄養補給をしようと昼食の相談を始めたところで、白衣のポケットに入れていたスマホの振動《しんどう》に気づく。

「賢吾のやつ、またサボってるんじゃないだろうな」

午前の診察終わりに合わせて賢吾が電話をしてくるのは付き合う以前からよくあることだから、どうせそうだろうと思った。だが、液晶画面に映しだされていたのは登録したばかりの番号と名前で、佐知は慌てて通話をオンにする。

「もしもし、月島？」

『そう、俺。よかった、東雲の番号だったらどうしようかと思ったよ』

冗談《じょうだん》だとは分かっていても、乾《かわ》いた笑いが出る。あの時すぐに紙を取り上げたが、そうしていなかったら確かに賢吾ならやりかねないと思ってしまったからだ。

運動会の後、メールで改めて連絡《れんらく》を取り合い、その時に携帯《けいたい》番号も教えたのだが、メールでは確かに佐知本人かどうかは分かりづらい。

『今、忙しかった？』

「いや、ちょうど午前の診察が終わったところ」

『さすが雨宮、有言実行だね。本当に医師になったんだ』

中学の頃、月島に将来の夢があるかと聞かれて、佐知は『医師になる』と答えた。そういう些細《ささい》な会話をちゃんと覚えてくれているのが嬉しい。

『もし、雨宮に時間があればなんだけど、明日《あした》の夜に会えないかな？』

「明日の夜？」

即答《そくとう》できなかったのは、明日が平日だったからだ。史のお迎《むか》えもあるし、夕飯のこともある。

『ちょっと相談に乗って欲しいことがあるんだ』

月島のその言葉を聞いて、佐知はほとんど考えることなく返事をした。

「分かった。午後の診察時間は患者さん次第《しだい》だから、終わり次第連絡させてもらってもいいかな？」

『俺のほうはいつでも大丈夫《だいじょうぶ》だから、そうしてもらえると嬉しい。じゃあまた明日』

「うん。明日、楽しみにしてる」

通話をオフにすると、それを待ちかねていたように舞桜が言う。

「いいんですか？」

舞桜の言いたいことは分かる。運動会で月島と会った時にあれだけ敵視していた賢吾が、笑《え》顔《がお》で行ってこいと送り出してくれるなんて、さすがに佐知も思っていない。

だけど、月島が佐知に相談に乗って欲しいと言うなんて、よほどのことだ。だって月島は大《たい》抵《てい》のことなら自分で解決できるだけの頭脳を持っている。そんな男のＳＯＳをどうして拒《きょ》否《ひ》できるだろう。

「賢吾にはちゃんと俺から言うから」

「……もし、俺が踏《ふ》み込みすぎだったら怒《おこ》ってくれていいんですけど」

「ん？」

「佐知さんと月島さんって、どんなご関係なんですか？　賢吾さんじゃないですけど、俺から見ても何かちょっと特別というか……田代《たしろ》さんの時はあんな感じじゃなかったなって」

田代というのは、佐知の医大時代の仲間だ。賢吾が交通事故で記《き》憶《おく》を失った時に主治医として再会し、今では家族ぐるみの親しい付き合いをしている。

「そんな変な感じだった？」

「変な感じというか……こんなことを言ったら賢吾さんが悲しむと思うんですけど、二人だけの世界……みたいなものがあった気がして」

「ああ、確かにそうかも」

佐知の肯定《こうてい》に、舞桜が手に持っていたメモ用紙をくしゃっと歪《ゆが》めた。

「あの、俺、もしかして、いけないところに踏み込んでますか？　距離感《きょりかん》が分からなくて、その、すみません」

「何だよいけないところって。舞桜に踏み込んじゃいけないところなんかないっていつも言ってるだろ？」

佐知はよいしょと立ち上がって自分で急須《きゅうす》に茶葉を入れる。慌てて舞桜が「俺がやります」と奪《うば》っていったので、手持ち無沙汰《ぶさた》になって診察用のベッドに腰掛《こしか》けた。

「あの……もしかしたら、佐知さんの初恋《はつこい》の人？　とか、そういうのなのかなあって」

そんなに集中しなくたってお茶を淹《い》れるのは慣れているだろうに、舞桜は急須に入るポットのお湯をじっと見つめたままでそう言った。

「え？　そんな風に見えたの？　何で？」

「……佐知さんは、あの人のことをじっと見るんです」

「え？」

「佐知さんはすごくちゃんとした人なので、人と話す時にちゃんと人の目を見るのはいつものことなんですけど、そうじゃなくて、あの人のことは、あの人が佐知さんのことを見てない時でもじっと見てて……その……」

さすが舞桜だ。本当に人のことをよく見ている。

佐知はいつでも月島の様子が気になってしまう。それは、中学の頃《ころ》に身についたクセのようなものだ。

「舞桜には敵《かな》わないなあ」

「え、じゃあやっぱり……？」

「違《ちが》う違う。月島が初恋だって言ってる訳じゃないぞ？　でも、俺がつい月島を見ちゃうのはほんとだからさ。何か気になっちゃうんだよ。ただそれだけ」

この話はこれで終わりとばかりに、ぱんっと手を叩《たた》いて立ち上がる。舞桜が淹れてくれたお茶を取りに行き、ずずっと啜《すす》って「やっぱり今日はハンバーグ弁当にしようかな」と言った。

「……分かりました。じゃあ俺、買いに行ってきますね」

空気を読むのに長《た》けた舞桜が、すんなり診察室を出ていく。舞桜ならそうしてくれると分かった上で追い出したことを申し訳ないと思ったが、あれ以上、説明のしようがなかったのだ。

月島に対して、恋だとか愛だとかの感情を抱《いだ》いたことはない。でも、月島のことが気になってしまうのは本当で、自分でもこの感情を何と言葉にしていいのか分からない。

あえて何か一つだけ近い言葉を探すなら、『不安』だろうか。

自分でも、どうしてそう思うのかは分からないのだけれど。

「明日、月島と飲みに行ってくる」

「……ふーん」

ある程度の予想はしていたのだろう。史が先に寝《ね》て、二人きりになった居間でそう言ったら、怒るかと思った賢吾はつまらなそうに唇《くちびる》を尖《とが》らせてそっぽを向いた。

怒るんじゃなくて、拗《す》ねるのか。それはそれで面倒臭《めんどうくさ》い。

「ここで俺が行くなって言っても行くんだろ？」

手酌《てじやく》でぐいっと酒を呑《の》み、賢吾はまた杯《さかずき》に酒を注《つ》ぐ。浴衣《ゆかた》姿の男がそうして酒を呑む様はいつ見ても恰好《かっこ》よくて普段《ふだん》なら見惚《みほ》れるところだが、今夜に限って言えば表情が気に入らない。

「うん」

当然だ。賢吾のことを愛しているが、それとこれとは話が別である。友達関係にまで口を出されるのは納得《なっとく》がいかない。

「じゃあ、言ってもしょうがねえし」

「そうだな」

賢吾がまた酒を呑み、酒を注……ごうとした手から徳利《とっくり》を奪い、浴衣の袂《たもと》を押さえながら代わりに杯に酒を注いでやる。

「……せめて、機嫌《きげん》を取るとかしねえのかよ」

「俺は別に何もやましいことがないのに、どうして機嫌を取らなきゃいけないんだよ」

佐知の言葉に、賢吾は尖らせていた唇を解《ほど》いて笑った。

「確かにそうか」

「そうだよ」

賢吾が機嫌を損《そこ》ねているのは分かるが、だからといって佐知がそれにいちいち付き合う必要はない。相手の機嫌が悪いから機嫌を取らなければならない、なんて、自分達はそんな関係ではないはずだ。

人間関係を円滑《えんかつ》にさせるために、時にはそのようなことも必要ではあるが、賢吾との関係において、それが当たり前になるようでは駄目《だめ》なのだ。

賢吾が機嫌を損ねる理由に正当性を感じていたなら別だが、今回のははっきり言って言いがかりだ。月島との関係を賢吾にほんの少しでも疑われること自体、佐知からしてみれば業腹《ごうはら》なぐらいである。

「ここで機嫌を取られたほうが腹立つもんな」

「だろ？」

「お前が体を使って俺を誘惑《ゆうわく》してきたりしたら、月島のためにそこまですんのかよって思うし？」

「だったら、誤解されたくないから今日はおとなしく寝るわ」

そもそも今夜はそんなことをする気は最初からなかったが、佐知は踵《きびす》を返して居間から出ていくふりをした。

「おい、それとこれとは別だろ」

賢吾の手が佐知の腕《うで》を捕《つか》まえる。

「どっちなんだよ」

予想していたので抵抗《ていこう》せず、笑いながら賢吾の腕の中に収まって、佐知はその厚い胸板《むないた》に頬《ほお》を擦《こす》りつけた。

「月島は、友達だからさ」

「分かってる」

言葉とは裏腹に、声は拗ねたままだ。

賢吾が、佐知と月島の関係を本気で疑っている訳ではないと知っている。ただ、佐知が自分以外と仲良くするのが嫌《いや》なのだ。こういうところは幼い頃のままで、自分でも子供の駄々《だだ》みたいだと思っているから、拗ねる程度で我慢《がまん》しているのだろう。賢吾の葛藤《かっとう》が分かって、ちょっと面白《おもしろ》い。

「……中学の頃、お前とあいつはすげえ仲がよかっただろ？　大抵のやつは俺が近づいたらビビッて離《はな》れてくのに、あいつはいつもにこにこしたまま、俺がいても知らん顔で、正直苦手なタイプだなと思ってた。だからあいつがいなくなってほっとしてたのに」

当時の自分と月島の関係を、賢吾がそんな風に思っていたなんて驚《おどろ》いた。確かに月島と一緒《いっしょ》にいたことはあるが、時間としてはそう長いものではなかったし、佐知と月島のことを仲が良かったと評する同級生はいないだろう。

思わず顔を覗《のぞ》き込むと、見るなと言うように賢吾の手に目を覆《おお》われる。

視界が真っ暗になった代わりに、賢吾の手の温《ぬく》もりに意識が集中した。羞恥《しゅうち》を感じていつもより少しだけ体温が高い。それを可愛《かわい》いと思った。

「あいつのことを、時々お前の視線が追ってた。そんな相手はあいつだけだ」

「……ぷっ。お前、俺のことを見すぎ」

佐知の視線の追う先を知っているということは、それだけ賢吾が佐知を見ていたということだ。あの頃からすでにそうだったのかと思えば、何だかくすぐったい気持ちになる。

「否定しないんだな」

「確かに、追ってることはあったかも」

賢吾に嘘《うそ》は吐《つ》かない。

確かに、佐知の目は月島を追っていた。賢吾が思っているような理由ではないけれど。

自分では目立たないようにしていたつもりだが、舞桜といい、賢吾といい、月島といい、カンのいい人間にはすぐにバレてしまうのだな、と思った。

「……やっぱりか」

「でも、そういうんじゃないからな」

「ほんとに違うんだって。ただ気になってただけ」

「どうだかな」

「何が？」

「それは、言えないけど」

あの時、佐知が月島に抱いた違和感《いわかん》は、結局のところ正解だった。だがそれは、佐知と月島だけの間の話で、賢吾にすることはできない。だからといって嘘も吐きたくない。だから、佐知にできる返事はこれだけだった。

「二人だけの秘密、ってやつか？」

「あのな、賢吾。俺はお前のことが好きで、嘘は吐きたくない。でも、言えないことだってある。それは賢吾だって一緒だろ？」

佐知が以前より東雲組とかかわるようになったからといって、賢吾が東雲組の内情を全《すべ》て佐知に話している訳ではない。

「俺は、それについて文句を言ったことはないよな？」

「だから俺も言うなって？」

「もしこれが、俺とお前の関係にかかわることだったら別だけど、そうじゃないから。お前だってそれは分かってるだろ？　本気で、俺が月島とどうこうなるって思ってる訳じゃないだろ？　思ってたらぶっ飛ばすけど」

ぐっと拳《こぶし》を握《にぎ》りしめる。

「けど、面白くねえもんは面白くねえ」

佐知の拳を握りしめて、賢吾はぼそっと呟《つぶや》いた。

自分達の間で隠《かく》し事はなしにしようと約束はしているけれど、それはあくまでも自分達に関することだ。佐知には医師としての守秘義務というものが当然あるし、賢吾にだって仕事上で佐知に話せないことはあるだろう。たとえ夫婦《ふうふ》や家族だからといって、それぞれの友達や仕事仲間の秘密をべらべら話すなんていうのも、話してくれた相手の信頼《しんらい》を裏切る行為《こうい》だと佐知は思う。

「まあ、世の中が何でも自分の思い通りになる訳じゃないってことを学ぶ、いい機会なんじゃないか？」

「他人事《ひとごと》みたいに言うなよ」

「賢吾、これだけは言っとく。一瞬《いっしゅん》でも俺の気持ちを疑ったら、その時は許さないからな」

ちゅっとキスをする。ぶすっとした顔をしていたのに、賢吾はふにゃっと表情を崩《くず》した。

「ほんと、ずるいんだよなあ、お前は」

「ずるい俺は嫌《きら》い？」

「……くっそムカつくぐらい愛してる」

「ははははっ」

がぶりと首筋に噛《か》みつかれて笑い声をあげる。

はい、俺の勝ち。……なんてね。

「まさか、月島とこうしてバーにいる未来があるとは思わなかったよ」

挨拶《あいさつ》もそこそこに、テーブルに届いたばかりの烏龍茶《ウーロンちゃ》で乾杯《かんぱい》する。賢吾に出された条件だとは言わなかったが、佐知が注文した時にくすりと笑ったから、きっと聡《さと》い月島はお見通しだったに違《ちが》いない。バーで烏龍茶を頼《たの》むなんてと笑うこともなく、自分も同じものを注文してくれた。

「俺も、こうしてまた雨宮に会うとは思わなかった」

月島とは中学の同級生だが、二人が同じ中学に通っていたのはほんの一年ほどの間だけだった。

両親の離婚《りこん》で父親の母国であるイギリスから母親の母国である日本へとやってきた月島は、中一の夏に佐知と賢吾が通う中学校に転校してきた。

あの時は女子が大騒《おおさわ》ぎしていたな、と懐《なつ》かしく思い出す。

月島は当時から爽《さわ》やかな見た目であり、イギリス生まれでレディーファーストが染《し》みついているのか、常に紳士《しんし》的。そして特筆すべきは、教師が舌を巻くほどの頭の良さ。月島はあっという間に女子人気ナンバーワンとなった。

今だって、バーの視線のほとんどがこちらに集中しているのが分かる。

教師という職業を考えれば不釣《ふつ》り合いなほど高級そうに見えるスーツは、実際高いのか、月島が着るからそう見えているだけなのか、佐知には判断がつかない。佐知が着ているスーツは賢吾がプレゼントしてくれたもので、おそらくそれなりに値が張るもののはずなのだが、それでも隣《となり》にいるのが気後《きおく》れするぐらいである。

「最後に会ったのは、俺がイギリスに戻《もど》る前の日だったね」

溶《と》ける氷を確認《かくにん》するように、月島がグラスを傾《かたむ》ける。かたりと音を立てる氷を揺《ゆ》らしている琥珀色《こはくいろ》の液体が、五十年ものの希少な蒸留酒のように見えてしまうから不思議だ。それだけ、月島の持つ雰囲気《ふんいき》は上質で別格だった。

こういう雰囲気を持つ男を、佐知はもう一人知っている。黙《だま》っていても、滲《にじ》み出る風格。その場にいるだけで、場の空気を変えることができる男。

いつもにこにこと優《やさ》しい表情の月島と、いつもむすっと不機嫌《ふきげん》顔の賢吾。一見すると二人は正反対に見える。まるで月と太陽のように。だが、この二人の根っこの部分は同じなのだと、佐知は知っていた。

「あの時、余生は研究でもして過ごすよって言ってたから、今頃《いまごろ》はずっと何かを研究しているんだろうなと思ってた。まさか先生になってるとはなあ」

日本に来ることも、イギリスに戻ることも、月島の母が決めたことだった。月島自身には自分の能力を伸《の》ばしたいという願望も特になく、生きること自体をすでに『余生』と言うぐらいに達観した少年だった。

「自分でも意外なんだけど、結構楽しいよ？」

「へえ。楽しいことが見つかってよかったな」

互《たが》いのグラスを軽くぶつけ合い、烏龍茶で乾杯する。

あの頃《ころ》の自分達が今の自分達を見たらどう思うだろうか。そう思うとちょっとおかしくなって、思わずくすりと笑《え》みが漏《も》れた。

月島が同じ中学にいた一年の間で、佐知と月島が親しく言葉を交《か》わしたのはほんの数か月だった。あの時佐知があんなことを言わなければ、きっと二人は交わることのないままだったはずだ。それぐらい、自分達には共通点というものがない。

「向こうで知り合った子が、あの学校で今、理事長代理をしているんだ」

「へえ、そうなんだ。じゃあ、その友達に頼まれて？」

「いや、無理やり押しかけて、その子のお祖父《じい》様に雇《やと》ってもらった」

「無理やり、押しかけて？」

意外過ぎる言葉に、思わずオウム返しをしてしまった。

月島は昔から何でもできるが、よくも悪くも受動的で、自分から何かをしたいと積極的に行動するタイプではない。

『何もかも、別にどうでもいいんだよ』

あの頃の月島の言葉を思い出す。

「はは、相変わらず雨宮は分かりやすいなあ。そんなに驚《おどろ》いた顔をしなくても。まあ、俺自身、自分の変化に驚いたけれどね」

「ご、ごめん。でも、月島が無理やり押しかけるなんて、ちょっと想像がつかなくて」

「助けてあげたいと思ったんだ。でも、俺がどんなにそう言っても断られてしまってね。本人と話しても埒《らち》が明《あ》かないから、お祖父様のほうに許可をもらった」

「助けて、あげたい……？　あのさ、もしかして、勘違《かんちが》いだったら申し訳ないんだけど、もしかして、もしかして、さ……？」

月島が誰《だれ》かを助けてあげたいと思うなんて、とても特別なことだ。よほど相手に思い入れがなければ、そんなことを思うようなタイプじゃない。

「うん。俺、恋《こい》をしちゃったみたい」

佐知がしどろもどろで問おうとした言葉を悟《さと》った月島が、にっこりと笑って肯定《こうてい》した。

「大学の研究室にいた時に、研究室の事務をしていた人なんだ。最初は特に興味もなかったはずなんだけれど、いつも予想しないことばかりするから、段々目が離《はな》せなくなっていって。そうしたらある日、家の事情で国に帰りますと言って辞《や》めてしまったんだ。その時はもう見られないなあと思っただけだったはずなんだよ。でも、いなくなって三日も経《た》たないうちに、どうしても会いたくなってしまって」

「わざわざ会いに来た？」

「そう。自分のこの胸のもやもやの理由を確かめたくて。でも会ってみたら会ってみたで、今度はもう離れたくなくなって、研究室も辞めて、無理やり押しかけちゃった」

佐知が知っている月島とは思えない行動力だ。

「自分でも不思議なんだ。まさか俺が誰かを好きになるなんて思わなかった。でも、それは思ったよりも嬉《うれ》しい驚きで、もちろん最初は戸惑《とまど》ったけれど、誰かを大事に思うって、自分でも思ってもみなかった行動に出るんだよね。それがすごく意外で、面白《おもしろ》くて」

「ああ、分かる」

賢吾と史との日々を思い返し、佐知はしみじみと頷《うなず》いた。

「……だと思った」

「え？」

「落ち着いたら連絡《れんらく》しようと思っていた、と言ったでしょう？　こういう気持ちを持つようになって、一番に思い出したのが東雲のことだったんだ」

「賢吾？」

「だってあの時、雨宮が言ったんでしょう？　俺と東雲が似ているって」

月島の言葉に、さあっとあの時の記憶《きおく》が蘇《よみがえ》る。

『雨宮っていつも俺を見ているよね』

放課後の図書館。借りた本を返すだけのつもりで踏《ふ》み入れたそこは、いつもより人が多かった。窓際《まどぎわ》の席に座って本を読んでいる月島を、まるで見世物《みせもの》みたいに遠巻きに女子が眺《なが》めている。その無遠慮《ぶえんりょ》な視線に気づかないような様子で文字を追う横顔を、気づかぬうちに自分も眺めてしまっていたらしい。

『ご、ごめんっ』

謝罪と同時にはっとして周囲を見回せば、さっきまでの賑《にぎ》わいが嘘《うそ》のように誰もいなかった。

『外で何かあったみたいで、皆慌《みんなあわ》ててそっちを見学に行ったよ？』

ぱたん。月島が読んでいた本を閉じて立ち上がる。

『ほんとごめんっ、邪魔《じゃま》するつもりじゃなかったんだ。俺が出てくから！』

不快な思いをさせてしまったことを謝れば、月島は首を傾《かし》げ、それからもう一度席についた。

『暇《ひま》つぶしに読んでいただけだから、邪魔だなんて思わなかったけれど、申し訳ないと思うなら理由を聞かせて欲しいな』

『理由？』

『そう。俺は、雨宮に睨《にら》まれるような悪い事をしたのかなってずっと気になっているんだ』

月島はにこにこ笑いながらそう言った。それを見て、佐知は思わず言ってしまったのだ。

『嘘を吐《つ》くなよ』

『え？』

今考えれば、何て失礼なやつなんだろうと思う。常日頃《つねひごろ》から賢吾と口喧嘩《くちげんか》ばかりしていたせいか、佐知は思ったことをすぐに口に出してしまう悪癖《あくへき》があった。

『嘘？』

『あ、ごめんっ、俺、何でも思ったことをすぐに言っちゃうから……っ、ほんとごめんっ！』

『いや、別に謝らなくていいけれど、どうしてそんな風に思うのかは気になるかな』

『……だって月島、賢吾と似てるから』

『東雲？』

月島が不思議そうな顔をした。そりゃそうだ。賢吾と月島の見た目はまったく似ていない。性格だって正反対だと言ってもいい。だけどあの時、佐知は本当にそう思ったのだ。

いつもにこにこと誰に対しても笑っている月島が、いつも誰にでも無愛想《ぶあいそう》な賢吾と同じに見えたのだ。表に出している表情が違《ちが》うだけで、やっていることは同じじゃないかって。そう思い始めると、月島のことが気になって仕方がなかった。

『賢吾は、誰にどう思われようが本当にどうでもいいやつなんだ。たまにはもっと愛想よくしろよって言っても、俺以外にはにこりともしない』

『俺は今、惚気《のろけ》を聞かされているのかな？』

『え？　いや、全然そんなんじゃなくて！　ごめん、俺、説明が下手くそで。えっと、要するに、賢吾は他人にどう思われようが興味がなくていつも無愛想な顔をしてるけど、月島は他人にどう思われようが興味がなくていつもにこにこしてるんだなって思って』

『へえ』

その瞬間《しゅんかん》、月島の表情から笑みが消えた。そうすると、余計に賢吾に似ている気がした。

『雨宮って、意外とするどいんだね。それで？　俺にどうして欲しいのかな？』

『え、いや、別にどうして欲しいとかじゃなくて……ただ、賢吾と同じなのに、賢吾よりしんどそうだなって思ったら気になって、ついつい見ちゃってて……ほんと気持ち悪いよな、ごめん』

理由も分からずにじっと見られるのは気持ちが悪いだけだ。しかも理由がこんなくだらないことだなんて申し訳ない。

佐知が勢いよく頭を下げると、頭上で月島が『ふっ』と息を吐《は》く音が聞こえた。何の音だ？　首を傾げて顔を上げると、月島は右手で唇《くちびる》を押さえていた。

『え、大丈夫《だいじょうぶ》か？　気持ち悪い？　えっと、保健室に――』

『ぷっ、く、くくっ、ああ駄目《だめ》だ、あははははっ』

あっけに取られる佐知を他所《よそ》に、月島は腹を抱《かか》えて笑い始める。

『雨宮は、すごく面白いね』

ひとしきり笑ってそう言った月島の表情は、いつもの表面的な笑顔《えがお》ではなかった。どうして月島が自分に心を開いたのか、その時はよく分からなかったが、何だ、年相応の顔もできるんじゃないか、と思ったことはよく覚えている。

「……あの時の雨宮は無自覚で、雨宮が自覚するのが先か、東雲の理性が切れるのが先か、と楽しみにしていたんだけれど、結局二人のその後を見られないままイギリスに戻《もど》ることになって、そのことだけが日本を離れる時に残念だったなあ」

「え？　月島、あの頃《ころ》から俺の気持ちに気づいてたのか？」

「そりゃあね。雨宮、あの頃の自分が会話の中でどれだけ東雲の名前を出していたか、自覚がなかった？」

「いや、でもそれはあいつが幼馴染《おさななじ》みで、俺の日常にはあいつがいることが多いから、必然的に――」

「はは、別に今更《いまさら》言い訳をする必要はないでしょう？　結果的に二人はお付き合いを始めた訳だし」

「ま、まあ、そうなんだけど」

お付き合い、なんて言葉を使われるとちょっと恥《は》ずかしくなる。火照《ほて》りそうな頬《ほお》を冷やそうと持っていた烏龍茶《ウーロンちゃ》のグラスを頬に当てると、月島にくすくすと笑われた。

「あの頃、何となく察していたんだ。東雲の気持ちも、雨宮と東雲の微妙《びみょう》な関係も。だから、雨宮が俺と東雲のことを似ていると言った時、すごく面白かった。俺と東雲は全然違うのにって」

そう。あの頃の佐知にはよく分からなかったが、今の佐知にはよく分かる。当時の賢吾と月島には決定的な違いがあった。

「東雲には大事なものがある。でも俺には、それがなかった」

なかった。過去形だ。月島にも大事なものができたのだ。それが佐知には嬉しい。

「雨宮があの頃、俺のことが気になって仕方がなかったのは、俺と東雲を重ね合わせていたからだよね？　東雲が持っている危《あや》うさを、俺の中に見ていたからだ。東雲に大事なものが……君がいなかったら、きっと東雲は、俺みたいに何にも興味がない、空虚《くうきょ》な人間になっていたのかもって、雨宮は直感的に感じていたんだと思う」

自分でも当時は不思議だった。どうしてこんなに月島のことが気になるのか。きっと月島の言う通りだ。佐知は月島の中に賢吾を見ていた。賢吾と同じなのに賢吾と違う月島に、無意識に不安を感じていたのだと思う。どこが同じでどこが違うのか。賢吾もいつかそうなるのか。そうした漠然《ばくぜん》とした不安が、佐知に月島を観察させていた。

「だから、大事な人ができた時、俺の頭に東雲が浮《う》かんだ。ああ、これが東雲が見ていた世界なんだなって」

「えっと、じゃあ今から賢吾を呼ぶか？　賢吾のほうが、俺より月島の気持ちを理解できるだろうし」

賢吾の気持ちは、賢吾に聞くのが一番だ。それにこの話を賢吾にできれば、賢吾に秘密を抱え続けなくて済む。佐知はほっとしてそう提案したが、すぐに月島に却下《きゃっか》されてしまった。

「いや、俺が今欲しいのは、俺の気持ちを分かってくれる相手じゃないんだ。俺の悩《なや》みを解決してくれる相手が欲しいんだよ」

「……？」

それなら尚更《なおさら》、佐知では力不足に思える。自分で言うのも何だが、問題を解決する能力は賢吾のほうがはるかに高い。

「何か、病気とか……？」

自分が役に立てそうなのは医学の知識ぐらいだ。それだって月島が本気になればすぐに追い抜《ぬ》かれてしまうだろうが。

「違う。どうしたら、俺の気持ちを受け止めてくれるか、教えて欲しくて」

「……え？　誰《だれ》が？」

「だから、俺の大事な人が」

何だかとんでもない無理難題を突《つ》き付けられた気がする。自慢《じまん》ではないが、解決能力のほとんどない佐知が、その中でも一番苦手な分野が恋愛《れんあい》だ。賢吾と今のような関係になれたのだって、ほとんどが賢吾の努力によるもので、現在に至るまでずっと恋人《こいびと》としてすらちゃんとやれているのか不安だというのに。

駄目だぞ自分、弱気になるな。せっかく月島が頼《たよ》ってくれているんだぞ。一旦《いったん》落ち着こうと烏龍茶を口にする。

「まず最初に聞いておきたいんだけど、受け止めてもらえない可能性っていうのが——」

当然ありますよね？

そう続ける前に、月島はにっこり笑った。

「可能性の話じゃないんだ。受け止めてもらう、という結果に辿《たど》り着くためにどうすればいいかという、過程を知りたいんだよ」

あ、やっぱりこいつ、賢吾と同じ人種だ。諦《あきら》める気がまったくないところなんかそっくりだと思う。賢吾の場合は佐知が受け入れたから丸く収まったが、月島の相手が、必ずしも佐知と同じように受け入れるとは限らない。

……もし受け入れられなかったら？　考えるだけで怖《こわ》い。賢吾は以前笑いながら『もしお前が本気で俺から逃《に》げてたら、そん時は監禁《かんきん》してたなあ』なんて言っていたが、あの目は本気だった。全然笑えない。今の佐知なら、監禁か、三日ぐらいならされてみてもいいかな？　ぐらいには賢吾に毒されてしまっているが、月島の相手がそうだという保証はどこにもない。むしろない。全然ない。そんなのは世界広しといえども俺ぐらいだぞ馬鹿野郎《ばかやろう》。

これは思ったよりやばいな。

にこにこと機嫌《きげん》よさそうに笑う月島を野放しにしてはいけないと心に誓《ちか》う。

「分かった。全力で協力する。だから、一人で勝手な行動はしないって約束してくれるか？」

「よかった、助かるよ」

「約束」

「……分かった。ここは先人の知恵《ちえ》を借りることに集中することにするよ」

何だか回りくどい言い回しで煙《けむ》に巻かれている気もしなくもないが、何とか言質《げんち》は取った。

「ちなみに、賢吾に相談とかは……」

「雨宮は、親友からの深刻な相談をぺらぺらと他人に話しちゃうタイプ？」

さっきまでと同じ笑顔のはずなのに、ものすごく圧を感じる。そうですか、駄目ですか。まあ、たぶんそうだろうとは思っていた。ほとんど賢吾の態度のせいだが、二人はとても友好的とは言えない。弱みを握《にぎ》られるなんてごめんなのだろう。

「分かった。ちゃんと秘密にしとくから」

月島はプライドの高い男だ。その月島が佐知に相談してくれたのは、佐知に対するそれなりの信頼《しんらい》があるからで、その信頼を裏切るような真似《まね》はすまいと決める。

「雨宮は、そういうところが本当に誠実だよね」

「約束は守る。当たり前のことだろ？」

「約束とはいっても、何年も経《た》つと勝手に無効にする人だっているでしょう？　その点、雨宮は生涯《しょうがい》保証付きだからね。……東雲、いまだにどうして俺と雨宮が仲良くなったか、知らないみたいだったし」

「俺はちゃんと約束は守る」

「うん。だから、雨宮にだったら安心して相談できると思った。ついでに、また東雲をヤキモキさせられるなんて一石二鳥だなって」

「え？」

「ううん、何でもない。感謝しているよ、雨宮」

誤魔化《ごまか》されたことは分かったが、月島相手に問い詰《つ》めても無駄《むだ》だ。

「それより、その月島の大事な人ってどんな人なんだ？」

「そうだねえ。一言で言うと、天使、かな？」

「は？」

こいつ、真顔で何を言ってるんだ。驚《おどろ》きすぎて、自分でも思ったより大きな声が出た。視線を集めてしまった気がして、今度は小声で言った。

「正気か？」

「分かるよ。天使だなんて言われても、この世に本当にそんなに尊い人間がいるのかって信じられない気持ちは」

どちらかというと、この世に真顔で自分の好きな相手を天使と呼ぶ人がいることのほうが信じられません。

「見た目もものすごく綺麗《きれい》なんだけれど、何より心がとても美しいんだ。俺のことを振《ふ》り払《はら》いたいのに、こんな俺のことすら傷つけられなくて、顔を歪《ゆが》めて必死で耐《た》える表情なんて本当に愛らしくてね」

大至急逃げて欲しい。こいつ、賢吾と同じじゃなかった。全然違《ちが》った。これたぶん、どっちかっていうと犬飼《いぬかい》さんと同じ部類だ。

今頃《いまごろ》京都で愛《いと》しい相手を追いかけまわしているであろうストーカー……もとい、東雲組傘下《さんか》の佐野原《さのはら》組のお抱《かか》え弁護士のことを思い出し、佐知は頬を引きつらせる。

「つ、月島の話を聞いてるだけじゃ、どんな人か全然分からないなあっ」

綺麗だとか天使だとか、そんな抽象《ちゅうしょう》的なことばかり言われても、さっぱり人物像が浮かばない。分かるのは月島の怖さだけだ。

「じゃあ、一度学校に遊びに来るといいよ」

「え？　いや、学校って部外者がそんなに簡単に遊びに行っていいところじゃないだろ」

「うちは通信制や定時制もやっているから、予約さえすれば見学ができるんだ。せっかくだから俺が学校の中を案内するよ」

「いや、でも動機が不純すぎると思うんだけど」

友達の初恋《はつこい》の相手を見たいから学校見学なんて、ちょっと非常識すぎないか？

「雨宮。俺にこんなことを相談できる友達が他《ほか》にいないこと、雨宮なら分かってくれるでしょう？」

「まあ、それはそうだと思うけど」

きっと上辺だけの知り合いならたくさんいると思うが、月島が自分の弱みになる話を誰彼《だれかれ》構わず話すとは思えない。もうすでに月島の秘密の一つを知っている佐知だから、話してくれる気になったのだろう。いや、佐知に話さないといけないぐらい、追い込まれているとも言えるか。あの月島が。

「分かったよ」

正直なところ、月島をここまで悩ませる相手に興味もあった。どんな人だろう。月島が好きになるぐらいだから、月島と同じぐらい頭が良くて、何でもできる人なのかもしれない。

それにもし、相手が月島のことをこれっぽっちも何とも思っていないなら、何とかして月島の魔《ま》の手から逃がしてやらなければならない。

これは人助けだ。佐知はぐっと拳《こぶし》を握りしめた。

恋愛は、人を天使にも悪魔《あくま》にもする。そのことは佐知とて身に染《し》みてよく分かっている。何とか月島が悪魔にならないようにしなければならない。

にっこり笑うこの笑顔《えがお》が、悪魔の微笑《ほほえ》みに変わるのは見たくないのだ。

「楽しみだね、雨宮」


「で、どうだったんだ？」

バーで月島と別れて帰宅したら、玄関《げんかん》で賢吾が仁王立《におうだ》ちをしていた。

思春期の娘《むすめ》の帰りが遅《おそ》いのを心配する父親か。思わず出そうになった言葉をぐっと呑《の》み込む。

「いつからここで待ってたんだ？」

馬鹿《ばか》じゃないのかと言う代わりにため息を吐《つ》き、賢吾を躱《かわ》して居間に向かう。

「別にずっとじゃねぇよ。お前の護衛につけてた組員から、戻《もど》ると連絡《れんらく》があったからな」

「護衛、ね」

佐知の身の安全を守るためだとは分かっているが、こうあからさまに見張らせていたと言われると面白《おもしろ》くはない。

「店の中には入らせてねぇぞ」

「当たり前だろ」

あたかも譲歩《じょうほ》してやったみたいに言われるのも腹が立つ。

居間に入ってキッチンに向かい、グラスに水を入れて飲む。ただ落ち着く時間が欲しかっただけなのに、賢吾はそれにすら文句をつけてきた。

「酒を呑んだのか？」

「俺が約束を破る男だって言いたいのか？」

賢吾はただ聞いただけだ。分かっている。だが腹が立つものは腹が立つのだ。

「何なんだよ。俺が友達と会うのはそんなに駄目《だめ》なことか？　田代の時は、そこまで言わないくせに、月島の何がそんなに気に入らないんだよ」

後ろに立つ賢吾を睨《にら》みつけてやろうとして振り返りかけたが、それより先に背後から賢吾に抱《だ》きしめられた。

「……田代と月島は違うだろ。お前だって分かってるはずだ」

佐知の腰《こし》を抱きしめる腕《うで》にぐっと力が籠《こも》る。

「お前はいつでもあいつを特別扱《あつか》いする。俺のことは見ねえくせに、あいつのことはじっと見てた。俺が何か言うたびにあいつの味方をして、俺のことを遠ざけようとしてた。あの頃《ころ》の自分がどれだけあいつを特別に思ってたか、自覚がなかったとは言わせねえ」

確かに、月島のことを特別に気にはしていた。だが佐知からしてみれば、いい加減にしろよという気持ちもあった。

月島を特別扱いしてた？　それを言うならお前こそ、自分がどれほど俺にとって特別なのか、いい加減自覚しろよ。

「なあ。俺はお前のことを愛してるって何度も言ったよな？　他の誰《だれ》かになんて絶対許さない心の奥底まで、お前には曝《さら》け出して許してるよな？　それでこれ以上どうしたいって？　お前は俺から何もかも取り上げて、俺がお前だけを見てればそれで満足なのか？　お前が欲しいのは、そんなお人形か？」

「……っ」

賢吾が嫌《いや》がる気持ちも少しは分からない訳ではない。だけど賢吾は分かっていない。賢吾にそんな風な態度を取られれば取られるほど、賢吾が佐知の愛を信じていないみたいで腹が立つのだと。

賢吾が浮気《うわき》を疑っている訳ではないことは理解している。けれどどんなに理解はしていても、だからと言って何でも許せる訳ではない。

「言っとくけど俺は、お前のこういうくそ鬱陶《うっとう》しいところもちゃんと好きな訳。鬱陶しいとは思ってるよ？　ほんと鬱陶しい。何なの？　三回ぐらい死んでくればいいのに。本気でそう思うぐらいムカつくけど、それでもそういうお前の鬱陶しいところも全部好きな訳」

「…………」

「お前はちっとも俺の思い通りにならないけど、そういうところも含《ふく》めて好きだ。だから今、お前がそうやって鬱陶しいことを言ってるのだって、鬱陶しいなとは思うけど、可愛《かわい》いなとも思ってるよ。もちろん鬱陶しいが八割だけど」

「ほとんど鬱陶しいじゃねえか」

「そりゃそうだろ、実際鬱陶しいんだから」

ばっさり言い切って、佐知は腰を抱きしめる賢吾の腕をばしばし叩《たた》いた。

「ほんと鬱陶しい。でもさ、お前が言いたいことを呑み込んで恰好つけて我慢《がまん》してるよりは、こうして鬱陶しくしてくれてるほうがましだな、とは思う」

ものすごく複雑な心境だ。腹は立っている。けれど、賢吾に我慢をさせてまでやめて欲しい訳ではない。かと言って、それを笑顔で受け入れることはできない。ものすごく勝手だ。分かっている。でも、人間なんてこんなものだ。聖人君子でなど生きられない。

「じゃあ、俺の言うことを聞いてくれるのか？」

「それとこれとは別」

「は？」

賢吾が驚《おどろ》いた隙《すき》に、腕の中から抜《ぬ》け出し、捕《つか》まえられない程度に距離《きょり》を取る。

「ついでに言うと、今度九条学園に遊びに行くことになった。どうせ文句言うだろうけど、お前が何と言おうと行くから。じゃあそういうことで、俺もう寝《ね》るわ」

「おい」

「これは俺にとって決定事項《じこう》なの！　お前が何と言おうが、な！」

そうして賢吾に捕まる前に、すたこらさっさと逃《に》げ出した。

「佐知！」

史と布団《ふとん》に入ってしまえばこっちのものだ。

猛《もう》ダッシュで逃げながら、何だかこういうのって新鮮《しんせん》だな、と思った。怒《おこ》る賢吾からこんな風に逃げるなんて、初めてかもしれない。


月島との約束通りに佐知が学校を訪《おとず》れたのは、二人がバーで会ってからわずか一日後のことだった。

午前と午後の診察《しんさつ》の合間の休憩《きゅうけい》時間を使ってやってきた佐知を、月島が笑顔で出迎《でむか》える。ネクタイまできっちり締《し》めたスーツ姿は相変わらず爽《さわ》やかで、教師というよりビジネスマンという出《い》で立ちだ。対する佐知は仕事着にしているYシャツとスラックスに上着を羽織ってきただけで、ラフ過ぎたかとちょっと後悔《こうかい》した。

「やあ。あそこでこっそりこっちを見ているのはスパイかな？」

月島の視線の先には、普段《ふだん》は雨宮医院を警護しているはずの組員の姿があった。

「ああ。あれは気にしなくていいよ。賢吾が俺につけてる護衛兼監視《けんかんし》だけど、さすがに校舎内には入ってこられないだろ」

あの見た目ではすぐに警備に止められるだろう。だが、この後のひと悶着《もんちゃく》を想像するとため息が出る。

「もしかして、東雲に何も言わないで来たの？」

「いや、一応は言った。怒ってたけど」

賢吾とはあれ以来冷戦状態である。

「それはおもしろ……こほん、大変なことになっているね。俺のせいでごめん」

「いや、いいんだ。賢吾が分からず屋なだけだから」

大体にして、賢吾はヤキモチを焼きすぎる。普段はそういう部分を可愛いところがあるなあなんて思ったりすることもある訳だが、ああもしつこいとさすがに腹が立ってくる。

賢吾は佐知のことをちょっと鬱陶しいぐらいに愛しているくせに、佐知の愛がそれと同じぐらい鬱陶しいということをいまいち理解していないのだ。自分の愛ばかりが重いと思っている。そんな風だから、佐知が誰かと会うたびにあんな風に情緒《じょうちょ》不安定になるのだ。

「それにしても、運動会で来た時も思ったけど、広い学校だよなあ」

校舎に入るとすぐに、大きく掲《かか》げられた校章が目に映る。校門から続く道に植えられていた桜を模したその校章は綺麗《きれい》に磨《みが》き上げられていて、大事にされているのがよく分かった。

「理事長代理曰《いわ》く、広いだけで古い、らしいよ？」

そう言われてみると、まあ確かにあちこち老朽化《ろうきゅうか》しているのは分かる。だがそれは全国の学校が抱《かか》えている悩《なや》みではないだろうか。学校の校舎というものは、改築するにしても建て直すにしても簡単にはいかない。費用の問題はもちろんだが、建築場所の確保も都会では切実な問題となりやすい。医院によく来る建設業を営む患者《かんじゃ》さんの受け売りだが。

「その理事長代理が、月島の思い人ってことでいいんだよな？」

「うん。名前は九条伊万里《いまり》。綺麗な名前でしょう？」

確かに。名前から想像すると、ロングヘアの清楚《せいそ》な美人という感じがする。どんな女性であれ、月島が好きになったのだから素敵《すてき》な人に違《ちが》いない。

「今はちょっと来客中だったから、しばらく学校見学を楽しんでもらって、後でさりげなく引き合わせるよ」

「分かった」

それからしばらく、二人は学校を見学しながら中学時代の思い出を語り合った。十年以上も前のことだからところどころ記憶《きおく》が怪《あや》しかったが、互《たが》いの記憶の欠けた部分を埋《う》め合うのもとても楽しい。

「――の時もさ、ずぶ濡《ぬ》れになった雨宮に俺の体操服を貸してあげたんだよね。胸についた名前でそのことに気づいた時の東雲の顔、最高だったなあ」

「そんなこと、あったっけ？」

「あんなに何にも興味なさそうにしているのに、雨宮に関してだけはものすごく分かりやすくてね。雨宮に『脱《ぬ》げ！』って怒ったら逆に怒られて、捨てられた子犬みたいな顔をしていたのが忘れられないよ。あんな強面《こわもて》の子犬、俺なら絶対に拾わないけれどね」

「ぶっ……」

笑ったら賢吾が可哀想《かわいそう》だと思いつつも、ぶすっとした表情の賢吾が子犬になるのを想像してしまったらもう駄目《だめ》だった。

「ブルドッグ？　いや土佐犬《とさいぬ》かな？　それとももっと大型の……あ、九条だ」

「え？」

月島の声に振《ふ》り返る。休み時間の校内には人影《ひとかげ》がそれなりにあったが、見たところは高校生ばかりでそれらしき女性は見当たらなかった。

「どこに？」

「ほら、あそこ」

月島が指を差したのは、二人がいる中庭の右手にある校舎の二階の廊下《ろうか》を歩いている人影だった。よくもあんなのに気づいたな、と感心しながらその人影をよく見ようと目を凝《こ》らした佐知は、その姿を目に映すなり思わず声を上げた。

「あ、あの人⁉」

「そうだよ」

「いやいやいやいや！」

分厚いメガネをかけたその人は、何だか重い荷物を持って廊下をあたふたと歩いて、生徒に当たっては頭を下げる、という動作を繰《く》り返していた。

「ふふ、可愛《かわい》い。天使みたいでしょう?」

天使かどうかは分からないが、小動物みたいなせわしなさは、可愛い……と言えなくもないかもしれない。

だけどそこじゃない。佐知の今の驚きのほとんどはそこではないのだ。

「いやいやいやいやいやいや！　男じゃん！」

細くて小さくて、スーツを着ていても高校生に混じると分からなくなりそうなぐらいに幼く見えるが、性別は間違《まちが》えようもなく男性だ。

「それを雨宮が言う?」

「あ、いや、ごめんっ、そうだけどっ」

九条伊万里って名前で、天使で、綺麗で、って言われたら、普通《ふつう》は女性だと思うでしょ!?　え、俺が悪いの!?……いや、俺が悪いな。考えてみたら月島は一言も女性だなんて言ってないもんな。俺が勝手に思い込んでただけか。勝手な思い込みはよくない、うん。俺が悪い。

「ごめんなさい」

「分かってくれればいいんだよ」

そうか、男か。だから佐知に相談しようと思ったのかもしれない。なるほど、そうか。

自分を納得《なっとく》させようとするが、衝撃《しょうげき》が大きすぎて呑《の》み込むのにちょっと時間がかかりそうだ。

おかしいだとか嫌《いや》だとかそういう感情ではない。ただ、想定もしていなかったことに驚《おどろ》いている。そして、自分だって男である賢吾と付き合っているのにもかかわらず、想定すらしていなかった自分の固定観念にちょっとがっかりした佐知である。

そんな風に佐知が衝撃をやり過ごそうとしていると、九条の足が止まってきょろきょろし始めた。そしてその視線がついにこちらに向く。

「九条」

窓は閉まっているし距離《きょり》もある。声を出したところで相手には聞こえないだろうに、月島は嬉《うれ》しそうに九条の名を呼びながら手を振った。それに気づいた九条は慌《あわ》ててまたきょろきょろし、それから早足で歩き始める。

「すぐに来るよ」

月島は自信満々にそう言って、九条はその言葉の通りにすぐに現れた。

「そ、そういうことをするのはやめて欲しいって、何度も言ったはずだっ」

早歩きしたせいなのか恥《は》ずかしいからなのか、頬《ほお》を真っ赤にした九条はやってくるなりそう言った。

「だって、九条と目が合って嬉しかったから」

「だからっ、そ、そういうのをやめて欲しいって僕は――」

口ごもりながらも月島に抗議《こうぎ》していた九条は、途中《とちゅう》でようやく佐知の存在に気づいた。

「あ、あの……」

「初めまして。えっと……」

こういう時、いつも一瞬《いっしゅん》だけ迷う。雨宮と名乗るべきか東雲と名乗るべきか。東雲という名は珍《めずら》しく、極道《ごくどう》の組織に生きる者やかかわりのある者ならその名を持つ組のことを必ず知っている。名乗るのが嫌だという訳ではなく、佐知が勝手にそう名乗ったせいで、賢吾に何か迷惑《めいわく》がかからないかと考えてしまうのだ。

「雨宮佐知です」

結局雨宮を選んだのは、月島が佐知のことを雨宮と呼ぶことを思い出したからだ。

「月島とは中学時代の同級生で、今日はちょっと学校見学に——」

「あ、ああ、失礼しました。本日、うちに見学者が来ることは伺《うかが》っております。わ、私《わたくし》、理事長代理をしております、九条伊万里と申します」

「ふふ、九条、無理をしないでいつもの話し方で大丈夫《だいじょうぶ》だよ。雨宮は俺の友達だから」

月島の言葉を聞いて、九条の表情が怪訝《けげん》なものに変わった。

「君の、友達？」

その姿を見ただけで、九条という人が月島のことをどの程度理解した人なのかというのが佐知にも分かる。この人は、月島が本来誰《だれ》にも興味がない人間であることを知っているのか。

「ぷっ……分かりますよ、その気持ち。変ですよね、月島に友達だなんて」

「あ、いえ、すみません。そんなつもりでは――」

「俺も不思議な気持ちです。月島と友達だなんて」

「ひどい言い草だね。俺が友達だと不満かい？」

「不満はないけど、月島に友達って言われると、今でも何かちょっと胡散臭《うさんくさ》い気持ちがするな。ほんとにそう思ってる？　みたいな」

「雨宮が失礼だ。パパに抗議しないと」

月島が佐知のスラックスの尻《しり》ポケットからすっとスマホを抜《ぬ》き取った。月島の言う『パパ』が誰を指しているのか分かって、慌ててスマホを取り戻《もど》す。

「ちょっ、やめろって！　月島が出てくると余計に話が拗《こじ》れるんだよ！」

「はは、子犬も今や成犬だし、飼い主も手を噛《か》まれる心配が絶えないね」

まったく、油断も隙《すき》も無い。佐知のスマホから月島が電話をかけるなんて、そんなことをしたら賢吾がどれだけ怒《いか》り狂《くる》うか。考えただけで背筋がぞわっとする。

取り戻したスマホを、もう取られないようにと上着の内ポケットに移動させていた佐知は、九条の表情に気づいて声をかける。

「九条さん？」

「あ、いや……本当に月島と仲がいいんだな、と思いまして」

へえ、と思った。常々恋愛偏差値《れんあいへんさち》が低いと思って生きてきた佐知ではあるけれど、さっきの九条の表情には嫌というほどに覚えがある。

嫉妬《しっと》。

佐知が声をかける前に九条に浮《う》かんでいた表情は、そうとしか思えないものだった。しかもおそらく無自覚である。

無自覚に苛々《いらいら》して賢吾と喧嘩《けんか》を繰り返した、過去の自分を思い出した。好きだと認められない。認められないけれど、賢吾が誰かと仲良くしていると苛々した。

「そうなんです。俺、月島とはすごく仲良しなんですよ」

まさか自分が、こんな当て馬のような立場になる日が来るなんて思いもしなかったな、なんて思いながら、佐知は九条ににっこりとした笑《え》みを向けた。

ここに賢吾がいればいいのに。そうしたら賢吾も、過去の自分達のじれったさを思い出して笑ったかもしれないのに。

「月島から、九条さんのことを助けたいのに九条さんが受け入れてくれない、って相談を受けるぐらいには仲がいいんです」

「…………」

この人は、過去の佐知と同じだ。意地っ張りで、誰も頼《たよ》れない。全部を自分一人で何とかしなくてはと思っているタイプの人だ。直感的にそう思ったのはたぶん、言葉と裏腹な表情の正直さのせいだろう。

もしかしたら、あの頃《ころ》の自分もこうだったのかな。そう思うとちょっと恥ずかしくなる。だとしたら、伊勢崎や舞桜、それだけではなく商店街の人達にまで、とっととくっつけよと思われていたのも分かる気がした。

「ぼ、僕はただ……月島にイギリスに戻って欲しいだけです」

「どうしてですか？」

「そうすることが月島のためだからです。雨宮さんも、月島の友達だったら分かるはずです。月島は頭もよくて、世界のために役立つ研究ができる。僕なんかの問題にかかわっている暇《ひま》があったら、もっと役立つことをするべきだ」

「どこでどう生きるかは、俺が決めることでしょう？」

「……君は今、僕に同情しているだけなんだ」

自分の過去の行いを客観的に見ているようで、胸を抉《えぐ》られるような気持ちになる。誰かの気持ちは、その本人にしか分からない。そうやって目を背《そむ》けても、相手も自分も傷つけるだけだ。そうして、佐知と賢吾は何年もすれ違《ちが》い続けた。

「僕のことは気にしなくていい。自分のことは自分で何とかする。だから、今すぐにでもイギリスに帰ってくれと何度も――」

キーン、コーン、カーン、コーン。

休憩《きゅうけい》時間の終了《しゅうりょう》を告げる音が鳴る。強制的に止まった会話に、九条はほっとしたように見えた。

「君はこの後の授業は？」

「ないよ。だから話の続きを――」

「僕はこれから用がある。申し訳ないけれど――」

「ここにいたのね！」

金切り声に近い怒鳴《どな》り声がして振《ふ》り向くと、女性がこちらに向かってくるのが見えた。

「一体どういうことなんですか⁉　うちの子の人生をめちゃくちゃにするおつもり⁉」

ちょっと逃《に》げたくなるぐらい、ものすごい剣幕《けんまく》だ。

「あ、あの、田中《たなか》さん、お話なら理事長室で伺いますから……」

「あなたじゃお話にならないわ！　理事長はどこなの⁉」

「理事長は現在、体調を崩《くず》しておりまして、私が理事長代理として――」

「何が理事長代理よ！　大した能力もないくせに！　あなたみたいなのがしゃしゃり出てくるから、おかしくなったんじゃないの⁉」

授業が始まろうというのに、田中の大きな声が中庭に響《ひび》いて生徒達の注目を集めてしまっている。何とか宥《なだ》めたいと思ったが、佐知は部外者で状況《じょうきょう》も分からない。下手に口を出して火に油を注ぐ訳にもいかずおろおろとしていたら、月島が口を開いた。

「申し訳ありませんが、現在は授業中ですので、お静かに願えますか？」

「うるさいわね！　そんなの私には関係ないわよ！　さっさと理事長が出てこないのが悪いんでしょう⁉　こうなったら、理事長が出てくるまで騒《さわ》いでやるから！　分かったらさっさと理事長を連れてきなさいよ！」

「そうですか、残念です。九条、警察を呼ぼう」

「ちょ、ちょっと月島っ」

慌《あわ》てる九条を他所《よそ》に、月島はポケットからスマホを取り出す。

「な、何よ！　私を脅《おど》そうって言うの⁉　保護者が学校に来て何が悪いのよ！」

「あなたが今なさっていることは、脅迫罪《きょうはく》と業務妨害罪《ぼうがい》に当たります。こちらとしても甚《はなは》だ遺《い》憾《かん》ではありますが、私どもは生徒達の教育を受ける権利を守らなければなりませんので」

「ちょ、ちょっと待ちなさいよ！　脅迫罪ですって？　私がいつ――」

「月島！　君は口を挟《はさ》まないでくれ！」

九条の手が、スマホを操作する月島の手に触《ふ》れる。

「田中さん、とにかく理事長室へ。お話は私から理事長に必ず伝えさせていただきますので」

「そ、そう？　私はただっ、子供のことで理事長とお話ししたいだけですから！　別に私だって大事《おおごと》にしたい訳じゃないのよ？」

田中は仕方がないと言わんばかりに九条に同意したが、月島に警察を呼ぶと言われたことで萎縮《いしゅく》したのは明らかだ。

「九条。俺も一緒《いっしょ》に――」

「君は来るな。これは僕の仕事だ。君には関係ない」

九条は硬《かた》い表情でそう言って、田中を促《うなが》して去っていった。

「……と、まあ、こういう感じなんだけれど、どうすればいいと思う？」

今さっきまでのやり取りが嘘《うそ》みたいに、月島が肩《かた》を竦《すく》めておどける。

「めちゃくちゃ腹立たしいんだけど、月島がどうして俺に相談したかよく分かったよ」

この気持ちを恋《こい》や愛なんかにはしないと無意識に蓋《ふた》をしていた頃の佐知は、まさしくああだったと思う。本当は近くにいたいくせに賢吾を突《つ》き放し、賢吾が手を差し伸《の》べようとしてもそれを叩《たた》き落としていたあの頃。

「雨宮なら、九条の気持ちがよく分かるでしょう？」

本来、佐知が賢吾に対してああいう思いを抱《いだ》いていた時期を、月島は知らないはずだった。それなのに、中学の頃の二人を見ていただけで、その後の佐知のことをほぼ正確に理解されていたことを悔《くや》しく思う。

あの頑《かたく》なさは、本当に昔の自分を見ているようだ。頭を掻《か》き毟《むし》って雄叫《おたけ》びをあげたいぐらいの気持ちだったが、大人なので我慢《がまん》した。

「考え事か？」

縁側《えんがわ》に座って一人で月を眺《なが》めていたら、廊下《ろうか》を歩いてきた賢吾に声をかけられた。まだスーツ姿ということは、今帰宅したばかりなのだろう。

「おかえり」

振り返って見上げた賢吾の表情はまだちょっと不機嫌《ふきげん》で、今日の夕飯は別々でよかったなと思った。いつもなら傘下《さんか》の組長の誘《さそ》いになど滅多《めった》に乗らないのに、今日という日に呑《の》みに出かけたのは佐知への当てこすりだろうか。

賢吾がそんなことをするはずがないと分かっていながらも、自分を棚《たな》に上げてほんの少し不快な気持ちになった。

分かっている。先に賢吾を不快な気持ちにさせたのは佐知だ。けれど、こんな風に我が儘《まま》な自分になったのは賢吾のせいだ、と内心で八つ当たりする。

「俺って、どうしてお前と付き合おうと思ったのかな？」

「……どういう意味だよ」

「賢吾が死ぬと思ったから？　そうじゃなかったら、今もまだ喧嘩ばっかりしてたのかな？」

一方的な佐知の問いは賢吾にとって面白《おもしろ》くないものだったはずなのに、ため息を吐《つ》きながらも賢吾は佐知の隣《となり》に腰《こし》掛《か》けた。

「俺じゃなかったら、お前の今の言葉に傷ついてるからな」

「いいんだ。俺の相手はお前だけだから」

賢吾の顔をじっと見ながら考える。この男が好きだ。誰《だれ》にも渡《わた》したくないほど。今となっては、あの頃あんなに意地を張っていた自分が信じられない。でも、それは今だから言えることで、あの頃の、それはそれは意地っ張りだった自分が、誰かの言葉に素直《すなお》に従ったりしただろうか。いや、するはずがない。

九条は月島のことが好きだ。それが、九条と会った佐知の直感だった。……というよりも、たぶんあの場にいたらほとんどがそう思うだろう。それぐらいに九条の目には月島への思いが溢《あふ》れていた。

九条は不器用だ。本当に月島を突き放したかったら、男同士なんて冗談《じょうだん》じゃないと言えばいい。嘘でも自分は男となんか付き合えないと言えば、それは強力な拒否《きょひ》の言葉になる。

それができないのが、九条の弱さだった。離《はな》れてくれと言いながら、決定的に突き放せない。そして月島もそれが分かっているからそばを離れない。

「俺に相談する気はないのか?」

「したいけど、できない」

本当は賢吾に話したい。そうしたら賢吾は笑って、自分達の過去のむずがゆさを共有してくれて、それで一緒に考えてくれるはずなのだ。

でも、月島との約束を破ることはできない。それは月島の信頼《しんらい》を裏切ることになる。

「賢吾、俺、分かってるよ？　お前が、この世に俺とお前だけならいいのにって思ってるって」

「……………」

「そうしたら、俺はお前に隠《かく》し事なんかしないし、お前も安心していられるもんな」

佐知の言葉を賢吾は否定しなかった。否定するはずがないことを、分かっていた。

「でも、それじゃあ駄目《だめ》だってことも分かってるだろ？　俺達は愛し合ってるけど、二人だけで完結しちゃ駄目なんだ。史と三人だけでも駄目。組員が増えて、賢吾の大事なものが増えて、俺はそれが嬉《うれ》しい。お前にも、俺に大事なものが増えていくのを喜んで欲しい」

「……分かってる。頭ではな。けど、お前が俺以外を目に映すだけで、どうにも腹が立つ。俺だってこのままじゃいけねえとは思う。だが、理性と本音は別物だ」

「理性で抑《おさ》え込めよ」

「それができたら苦労してねえよ」

たぶん、自分達はお互《たが》いへの愛が重すぎる。二人だけで完結するならそれでいいけれど、生きていく以上、そんなことはできないと分かっていた。

「お前がどんなにムカついても俺のことが好きって分かってるから、俺は俺のやりたいことを好きにやる」

「何だよ、その開き直り発言は」

「お前だって、俺の好きの上に胡坐《あぐら》をかいて、好き勝手やってるじゃん」

「はあ？　俺がいつそんなことしたんだよ」

「俺にバレてからも舞桜にスパイさせてるのだって、結局俺がお前のことを好きだから受け入れるって思ってるからだろ？」

舞桜が心配性《しょう》の賢吾が佐知につけていた護衛兼《けん》スパイだと佐知が知ってから、賢吾は謝るどころか堂々と舞桜にスパイをさせるようになった。そのお陰《かげ》で助かったことは多いが、考えてみたら何様なんだと腹が立ってくる。間に挟まれる舞桜だって可哀想《かわいそう》だ。

「舞桜に医院を辞《や》めさせれば満足なのかよ」

「そんなの駄目に決まってるだろ、馬鹿《ばか》か。舞桜がいないとうちの医院はやってけないんだよ！　スパイだけやめさせようって発想が何でないんだよ！」

「お前のほうこそいいとこ取りしようとしてんじゃねえぞ。舞桜は元々うちの子だぞ。お前のために派遣《はけん》してやってんだ」

「はあ⁉　舞桜はもうとっくにうちの子ですけどー⁉」

かちんときた。本来は賢吾のうちの子だったら佐知のうちの子であるも同然なのだが、互いに舞桜の正式な職場は自分のところだと主張し合う。

「いえ、舞桜はうちの子です」

二人の言い合いがヒートアップしそうになったところで、突然《とつぜん》別の声が割り込んできた。振《ふ》り返ると、ひどく呆《あき》れた表情の伊勢崎が立っている。

本物の舞桜の保護者様の登場に、佐知と賢吾の舌戦《ぜっせん》が止まった。

「勝手に舞桜の奪《うば》い合いで喧嘩《けんか》をしないでくださいよ。どちらにも渡すつもりはありませんから」

「だってこいつが！」

佐知と賢吾が互いを指差して声を荒《あら》らげると、まるで三歳児に言い含《ふく》めるように、伊勢崎がぱんと手を叩いた。

「ほらほら、喧嘩は両成敗ですよ？　どっちもどっちなんですから、さっさとお互いに謝って寝《ね》てください。これ以上俺の睡眠《すいみん》時間を削《けず》ったら許しませんよ」

伊勢崎先生はそう言ってほら仲直りしなさいと促してくれたが、賢吾君はちっとも反省する様子もなくぷいっと顔を背《そむ》けた。

「何で俺が謝らなきゃいけねえんだよ。そもそもこいつが、俺の気持ちを無視して自分のやりたいことをやりたいようにやるって言い出したのがいけねえんだぞ？」

「それを言うならお前が、自分は俺に隠し事をするくせに、俺には全部話せっていう暴君ぶりを発揮してくるからいけないんだろうが！」

「そんなの、そばにいたら気になるのが当たり前だろうが。さも聞いて欲しそうにこんなところで悩《なや》んどいて、聞いたら文句言うって何だこの野郎《やろう》」

「はあ？　別に聞いて欲しそうにしてませんけどー？　こっちは優雅《ゆうが》に月を眺めてただけなん

ですけどー？　勝手に自分の都合のいいように解釈《かいしゃく》するのやめろよな！」

別にここにいれば賢吾が通るだろうなんて、これっぽっちも思ってませんでしたけどー？

「ちょっと、お二人とも」

「てめえ、いくら俺がお前に惚《ほ》れてるからって、調子に乗るのもいい加減にしろよ？　何でもかんでも許すと思ったら大間違《おおまちが》いだからな！」

「はあ⁉　あったまきた！　お前が何と言おうが、俺は俺の好きにするからな！　しばらく別居だよ別居！」

賢吾の肩《かた》を突《つ》き飛ばすがびくともしない。くっそ腹立つ！

「上等だこの野郎！」

「お二人とも、何を言っているんですか、ちょっと落ち着いてください」

珍《めずら》しく焦《あせ》った声を出す伊勢崎の制止を無視して立ち上がり、佐知はびしっと賢吾に指を突きつける。

「当分帰らないからな！」

「勝手にしろ！」

そして、ふん！　と互いに顔を背け、その勢いのまま廊下をのしのしと歩き出した。

「伊勢崎！　明日《あした》から別居だから！　明日は史のお迎《むか》えに行ってそのまま連れてくからな！」

「伊勢崎！　史を連れてくならてめえでちゃんと史に説明しろっつっとけよ！」

「……勘弁《かんべん》してくださいよ」

伊勢崎はこれから始まる板挟《いたばさ》み生活を想像して特大のため息を吐《つ》く。

そして次の日、東雲組はハチの巣をつついたような大騒《おおさわ》ぎになるのである。


「佐知さん！」

朝だ。起きてきた史に『詳《くわ》しいことは夜に話すけど、しばらく雨宮医院にお泊《と》まりすることになったから』と伝え、賢吾と冷戦状態の朝食を終えて荷物を纏《まと》めて玄関《げんかん》に向かうと、そこには組員達がずらりと並んで待ち構えていた。

「俺達を置いてく気ですか！」

「じゃあお前達も一緒《いっしょ》に来る？」

「え？　くみいんのみんなもいっしょ？」

史の目がきらきらと光る。

ちょっと人数が多いが、医院を閉めた後なら待合室でごろ寝させても構わない。ただ、布団《ふとん》がないんだよなあ、と佐知が首を捻《ひね》ると、組員達の顔が青ざめた。

「そ、そんなことができる訳ないじゃないですか！」

「だったら、留守番しといてくれよ。俺がいなくても、あいつがちゃんとご飯を食べるように見張っといて」

賢吾は放《ほう》っておくとすぐに食事を後回しにする。佐知がご飯を用意すればちゃんと食べるが、そうでない時は食べずに過ごすこともあった。

「そんなの、佐知さんにしか無理ですよ！」

「やる前から無理だって決めつけるのはよくないぞ？　食べなきゃぶん殴《なぐ》れ」

「それこそ佐知さんしか無理ですって！」

泣き言を言う組員を押し退《の》け……ようとしたところで組員がさっと道を空ける。普段《ふだん》から賢吾が『佐知に触《さわ》ったら殺す』などというふざけたことを言っているお陰で、組員達は佐知に触《ふ》れられないらしいということを思い出し、佐知はにんまりと笑った。

「邪魔《じゃま》するなら、片《かた》っ端《ぱし》から抱《だ》きついて回ってもいいんだけど？」

「鬼《おに》ですか⁉」

組員達がざっと佐知から遠ざかる。

「よし」

「よし、じゃありませんよ！」

「ねえさち、ほいくえんにちこくするよ？」

「お、そうだ。早く行こうな」

モーゼの如《ごと》く道を開いた佐知は、大きく頷《うなず》いて史と共に玄関を後にした。

「佐知さん！　カムバーック!!」

「近所迷惑《きんじょめいわく》だからデカい声を出すな!!」

かくして、東雲組で後々まで語り継《つ》がれる『お家騒動《いえそうどう》』の幕が開いたのである。


「佐知さん、お願いしますよ」

「はい仮病《けびょう》。次！」

入ってきた組員を見るなり、佐知はひらひらと手を振って追い出しにかかる。

「ちょ、ちょっと待ってくださいよ！　あ、お腹《なか》が痛いっ、すごく痛い！　ほら、ここがすごく痛いっ」

大袈裟《おおげさ》に腹を押さえて蹲《うずくま》る組員に、診察《しんさつ》ベッドに横になれと促《うなが》す。

「仮病だったら許さないけど、患者《かんじゃ》だったら別だ。仮病だったら許さないけどな」

「は、はは、やだなあ、仮病なんかじゃないっすよっ」

「どこが痛いって？」

「えっと……あ、ここ、とか？」

「ここ？　うーん、虫垂炎《ちゅうすいえん》かな？　大学病院に紹介状《しょうかい》を書くから、入院して取ってもらうといいよ」

「え？　入院？　あ、あれ⁉　痛くなくなったみたいっす！　あは、はは、何でかなあ⁉」

仮病が見抜《みぬ》けない俺だと思うなよ。慌《あわ》てて診察室から出ていく組員に冷たい視線を向け、メモ用紙に『仮病！』と書いて舞桜に渡《わた》した。こんなので金が取れるか。次から次へと来やがって、営業妨害《ぼうがい》で東雲組に迷惑《めいわく》料を請求《せいきゅう》してやろうか。

「えっと、佐知さん……次の患者さんなんですけど」

「組員だったら、次仮病で入ってきたら問答無用でぶっとい注射してやるって言っといて」

「いえ、それが——」

「俺です、佐知さん」

「……お前か」

入ってきたのは伊勢崎だった。

「ぶっとい注射だなんて、若が聞いたら大暴れしそうな台詞《せりふ》を日常で使わないでくださいよ」

「注射が嫌《きら》いなあいつのために、何で俺が言葉を使うのを遠慮《えんりょ》しなくちゃいけないんだよ」

「俺は組員を挑発《ちょうはつ》しないでくださいとお願いしているんです。ちなみに、舞桜に言わせるのもやめてください。セクハラで訴《うった》えますよ」

「はあ？」

噛《か》み合わない会話に首を傾《かし》げると、伊勢崎はこほんと勝手に気を取り直し、患者用の席に腰《こし》を下ろした。

「喜んでください、佐知さん。今日の診察は俺が最後です」

「お前ね、待合室にいたなら仮病で俺に迷惑をかけてくる馬鹿《ばか》どもを止めろよ」

「可愛《かわい》い息子《むすこ》達が親を心配しているんですから、微笑《ほほえ》ましいじゃないですか」

「……で？　お前も親を心配して来た可愛い息子の一人って訳？」

「ご冗談《じょうだん》を。俺は、佐知さんの役に立ちそうな情報を持ってきただけです」

「俺の役に立ちそうな情報？」

「佐知さんが、今井が通っている高校の見学に行っていたと聞いたので。色々考えた結果、こういうものがあれば便利なのではないか、と思いまして」

そう言って伊勢崎が差し出してきたのは、数枚の書類だった。ぺらっと捲《めく》った佐知は、目を見開いてからそれを伊勢崎につき返す。

「お前のこういうとこ、ほんと怖《こわ》い」

書類は、九条伊万里に関する調査書だった。おそらく探偵《たんてい》か何かを雇《やと》って作られたものらしい。何をどう判断したら、佐知が九条学園に行ったという情報だけでここに辿《たど》り着くのか。

「何で、俺にこれが必要だと思ったんだよ」

「運動会でお会いした時に、月島さんが教師をしているとおっしゃっていたので、これまでの経験上、お二人がトラブルに巻き込まれる可能性も考慮《こうりょ》して、俺の独断で先に九条学園のことを調べておいたところ、月島さんとその九条伊万里という方が同時期に同じ大学内にいたということが分かったので、そっちも一応調べておきました。後はまあ、佐知さんの性格を考慮した、俺の推理ですね」

何それ怖い。推理力が高すぎる。

「俺の想像なので、佐知さんは黙《だま》って聞いているだけで構いませんよ。もし仮に、佐知さんが月島さんに相談事を持ちかけられるとしたら、恋愛《れんあい》事だな、と思ったんですよ。それも男同士であるとか、道ならぬ関係のね。むしろそれ以外で、佐知さんが役に立つことがないので」

事実だと分かっていてもぐっさり傷つく。役に立つことがないと言い切るのはひどくないか？　まあ自分でもそうだとは思ったから、言い返せないけど。

「そこからはもう簡単です。月島さんが九条学園にやってきたタイミングを見ても、どう考えても九条伊万里を追いかけてきている。だとしたら、佐知さんはきっと今頃《いまごろ》、荷が重くて困っているんじゃないかな、と」

推理が完璧《かんぺき》すぎてぐうの音も出ない。

「ここから先は俺の独り言です。九条学園はここ数年、学校経営が上手《うま》くいっていないようです。近隣《きんりん》に新たな土地を購入《こうにゅう》してそちらに新校舎を設立し、現校舎の土地を売却《ばいきゃく》してその資金の半分を返す予定でいたようですが、購入した土地でトラブルがあって校舎の建て替《か》えの計画がとん挫《ざ》しています。結果的に借金だけが膨《ふく》らんで、慌てて理事長の孫がイギリスから帰国して奔走《ほんそう》していますが、どう見ても力不足ですね。だから月島さんがつけ入るなら、その辺りではないかと」

「…………」

つけ入るなんて、そんなことをさせたい訳じゃない。そう言いたいが、そう言ってしまうこと自体、伊勢崎の推理を肯定《こうてい》することになる。

「別に、俺は月島さんのことにはまったく興味がないんで、佐知さんが俺に教えられないことがあっても全然構いません。でも、それならそれで、さっさと片付けて帰ってきてください。俺はお守《も》りはごめんです」

伊勢崎は言いたいことだけを言って、佐知の返事も聞かずに診察室から出ていった。

「怒《おこ》ってたなあ、あいつ」

「怒ってるんじゃなくて、心配してるんですよ」

舞桜はそう言ってちょっと笑って、診察室の片づけを始める。

「東雲組の中は、火が消えたみたいになってるらしいですよ？」

「火が消えたって？」

「静まり返って、まるでお通夜《つや》みたいだって、さっき京香さんが」

「京香さん？　来てたの？」

「診察室に組員さん達がたくさんいるのを見て、笑って帰りましたけど」

これを渡しておくように、と頼《たの》まれました。

そう言って舞桜が差し出したのは、みたらし団子の袋《ふくろ》だった。

思わずふっと笑《え》みが漏《も》れる。

親子だなあ。機嫌《きげん》の取り方が、賢吾にそっくりだ。

「早く帰りたいなあ」

「じゃあ、何で喧嘩《けんか》なんかしてるんですか」

「俺は、愛してる相手がいるからって、それ以外の誰《だれ》かをないがしろにしていい訳じゃないと思ってるんだ」

舞桜は腕組《うでぐ》みをして、うーんと首を傾げた。

「よく分かりませんけど、それで賢吾さんがないがしろにされてるのも、可哀想《かわいそう》なんじゃないですか？」

「……うっ」

「佐知さんがわりと平気で賢吾さんを後回しにしたりするのって、ある種の甘えみたいなものなのかもしれませんねえ。賢吾さんなら分かってくれるから平気、みたいな」

「ううっ」

舞桜の言葉が、ぐさぐさと刺《さ》さる。

「舞桜、最近ほんとに伊勢崎に似てきたな」

「え、本当ですか？　嬉《うれ》しいです」

いや舞桜さん、伊勢崎に似てきたというのは、決して誉《ほ》め言葉のつもりじゃないです。

「きょうはっ、さちとー、ふたりでー、おとまりなーのさー」

佐知の部屋のベッドにぱふんと飛び乗って、パジャマ姿の史がご機嫌で歌を歌う。東雲邸《てい》にはベッドがないので、史はこのベッドがとてもお気に入りだ。

風呂上《ふろあ》がりで濡《ぬ》れたままの髪《かみ》を掻《か》き上げ、同じくパジャマ姿の佐知は史に苦笑《くしょう》を見せる。

「ごめんな、史。俺に付き合わせて」

勝手に俺が史を連れていくと言い張ってしまったが、もしかしたら史は賢吾と留守番のほうがよかったかもしれない。本人の希望を聞くべきだったなと反省したが、史は「ううん」と首を振《ふ》って笑った。

「だって、さちがいないとぱぱめんどくさいでしょ？」

「え？」

「さちがちょっとかえってくるのがおそいだけで、ぱぱ、くまさんみたいにいえのなかをうろうろしだすんだよ？　ぼく、ひとばんじゅうぱぱがうろうろしてるのみてたらめがまわっちゃいそうだから、さちといっしょでよかった！」

「ぷっ……そうか、うろうろするのか……くくっ」

想像したら面白《おもしろ》い。

史はうつぶせにベッドに寝転《ねころ》んで、足を交互《こうご》にぴょこぴょこさせて楽しそうにしていたが、しばらくすると飽《あ》きたのか、ぱふんと大の字になって、顔だけを佐知のほうに向けた。

「ねえさち、ぱぱのことをきらいになったの？」

「まさか」

「じゃあ、さちもはんこうき？」

自分が反抗期《はんこう》だという自覚があったんだな、なんて言ったら怒り出すのは分かっているので、言いたい気持ちをぐっと我慢《がまん》して、佐知はベッドに腰掛《こしか》けて史の頭を撫《な》でた。

「そうじゃないよ。でも、ものすごく好きな相手だからって、何でも受け入れなきゃいけない訳じゃないんだ。史だって、俺とパパに馬鹿《ばか》って怒ることがあるだろ？」

「うん……ごめんね？」

「ははは。もちろん、馬鹿って言葉を使うのはいけないことだと思うけど、俺は史に何でも我慢する子になって欲しくないよ。あのな、俺とパパと史は家族で、これからもずっと一緒《いっしょ》にいるだろ？」

「うん」

「でもだからって、いつでも皆《みんな》の考えが同じな訳じゃない。当然、ぶつかることだってある」

「うん……」

「でも、それでももちろん好きだよ」

「え？」

「見たいテレビが違《ちが》ってたって、喧嘩したって、たとえば何だあいつ死ね！　って思う瞬間《しゅんかん》があったとしたって」

「しね、なんておもっちゃだめだよ？」

「ごめんなさい。……とにかくさ、その時その時、ムカつく！　とか、馬鹿！　とか思っちゃう瞬間は残念だけどある。史だって、この間も碧斗と喧嘩してただろ？　碧斗が史のお気に入りのアニメを面白くないって言ったって」

「うん。あおと、ひどいんだよ？　あんなあにめがおもしろいのは、がきだけだって。ぼくはおにいちゃんなのに」

　近くにあった枕《まくら》を引き寄せてぎゅっと抱《だ》きしめて、史がぶくっと頬《ほお》を膨らませる。

「はは。でも、ちゃんと仲直りできただろ？　絶対許さないってぷりぷりしてたけど、次の日には二人で遊んでたじゃないか」

「……ほんとはまだちょっとはらがたつけどね、あおとがごめんねっていってたし、ぼくはおにいちゃんだからゆるしてあげたの」

「そうやって史が碧斗を許してあげたのは、碧斗のことが好きだからだろ？」

「うん」

「史の好きなアニメのことを馬鹿にする碧斗のことは腹が立つけど、だからって碧斗の全部を嫌《きら》いになる訳じゃないもんな？」

「うん……あ、そっか。ぼく、さちのいいたいことわかった！　さちもぱぱとけんかはするけど、だからってぱぱがきらいになったわけじゃないってことだよね？」

ぱっと起き上がった史が笑顔になった。佐知は史の手から枕を奪《うば》って、賢吾の代わりにぎゅうぎゅう締《し》め付ける。

「そう。ほんとムカつく！　って思うけど、パパのことは大好き。でも、大好きだからって許せることばっかりじゃない。俺はとりあえず、パパが俺にして欲しくないと思ってることを今どうしてもしたくて、でもパパはどうしても俺にそれをさせたくない。俺はパパのことが好きだけど、だからといってパパがするなって言ったことを全部我慢できる訳じゃないんだよ」

史は腕《うで》を組んで「うーん」と唸《うな》った。

「よくわかんなくなっちゃった。でも、さちがぱぱのことがだいすきってことがわかってたら、ぼくそれだけでいいや。だってぱぱもさちのことがだいすきだし。だったらすぐにまたなかよしになるよね？」

「俺がしたいと思っていることが終わったら、またいつも通りの生活に戻《もど》れる、と思うよ」

……たぶん。最後に見た賢吾のブチギレ顔を思い出したらちょっと自信がなくなりそうだが、そうなるはずだ。

「ぱぱ、いまごろひとりでなにしてるかなあ」

「何してるだろうなあ」

「ぼくとさちがいなくてないちゃってるかも」

史の想像の中の賢吾があまりに可哀想で、佐知の胸がちょっと痛む。

俺、もしかして賢吾にひどいことをしちゃったのかな？　いやいや、そんなことない。そもそも賢吾が分からず屋なのがいけないのだ。ここで折れたら、これから先も賢吾はずっとあの調子だ。

賢吾のことは愛しているから、賢吾のためにできることは何でもしてやりたいという気持ちはある。だが、だからといって誰かの秘密をべらべら話すのは違う。何もかも曝《さら》け出さなければいけない関係ではなくて、何をしているか知らない時だって、信じ合える関係でいたい。

「ん？」

スマホのトークアプリが、メッセージが届いたことをお知らせしてくる。誰かな？　と思いながらアプリを開いて、佐知は口元をひくつかせた。

「あの野郎《やろう》……っ」

ピロンピロンピロン。数枚纏《まと》めて送られてきた写真には、全部賢吾が写っている。佐知と史がお風呂《ふろ》上がりの楽しみに買い置きしているアイスを持って、開けて、食べている写真だ。

「ああ！　ぱぱずるい！」

いい度胸だこの野郎。

怒《いか》りのあまりに握《にぎ》りしめたスマホがみしりと音を立てた。

あの野郎! 泣いて謝るまで許さないからな!


史が寝《ね》た後、リビングで缶《かん》ビールを飲みながらテレビを見ていると、スマホが着信を知らせる。そろそろ来る頃《ころ》だと思っていたので、佐知はふんと鼻を鳴らして通話をオンにした。

『よお』

「折れる気になったのか?」

佐知の唐突《とうとつ》に思える問いに、電話の主は『けっ』と吐《は》き捨てた。

『折れる訳ねえだろ。お前のほうこそ、反省して帰ってきてもいいんだぞ?』

「反省なんかする訳ないだろ。一昨日《おととい》来やがれ」

あんな写真を送ってきておいて、よくもそんなことが言えるものだ。

「俺のアイスを食べた罪は重いからな」

『ああ、あのアイスな。美味《うま》かったぞ』

「食い物の恨《うら》みの恐《おそ》ろしさを、お前に思い知らせてやるからな」

『おお、怖《こわ》い怖い』

「人の神経を逆撫《さかな》でするために電話してきたのか？」

だったら切るぞと言いかけたら、賢吾はふっと笑って言った。

『今日は、月が綺麗《きれい》だぞ』

「うわ、ベタすぎない？　ロマンティストもそこまで来るとちょっと気持ち悪いぞ？」

『違うって。ほんとにそう思ったから電話しただけだ』

「冗談《じょうだん》だって。その顔で月を愛《め》でてると思うと面白いけど」

よいしょ、と立ち上がると足がふらついた。大して飲んでいないはずだが、ここに自分の体を支えてくれるはずの相手がいないことを不思議に思う。

『お前は俺を何だと思ってんだ。……縁側《えんがわ》でじじいと酒飲んでたんだよ。そしたら、月が綺麗で、お前に教えてやりてえなと思ってな』

「お前、まさか今も吾郎さんと一緒なんじゃないだろうな」

『いや、じじいはとっくにばばあに連れてかれた。また何かバレたらしい』

「…………」

あの人はどうしてああも懲《こ》りないのか。頼《たよ》られると弱い性格だと分かってはいるが、それにしても度が過ぎている。

『今回は浮気《うわき》じゃねえぞ？　ばばあに隠《かく》れて暴飲暴食してたのがバレただけで──』

「暴飲、暴食？」

佐知の声が低くなる。主治医として、聞き捨てならない。吾郎には心臓に負担がかからない食生活をするようにと何度も言っているのだが、いくら京香が家での食事を管理していても、吾郎はこっそり外で食べてきてしまう。近隣《きんりん》の店には吾郎が来たら京香に連絡《れんらく》するようにお願いしていたのだが、それでも駄目《だめ》だったか。

『心配なら、帰ってきて直接聞けよ』

「その手には乗らないからな」

『意地っ張り』

「ヤキモチ焼き」

カーテンを引き、ベランダのサッシを開けて、夜空を見上げる。

「ほんとだ。綺麗な満月」

確かに綺麗だが、何だか懐《なつ》かしい気持ちになった。

月はいつでも空にあるものだが、日々の生活の中で見上げることはあまりない。そこにあるのが当たり前だと思うと、人は後回しにしがちなのかもしれない。

『だろ？』

ふと、気づく。そうしたらおかしくなってしまって、佐知はくすくすと笑い始めた。

『何だよ』

母が亡《な》くなった日。賢吾は二人きりの夜の公園でも『月が綺麗だぞ』と言った。もしかして、佐知に何と声をかけていいか分からない時に賢吾はいつもそう言っているのかも、と気づいてしまったのだ。

「いいや、お前って馬鹿《ばか》みたいに可愛《かわい》いなと思って」

『何だそりゃ。頭でもおかしくなったのか？』

「ああ、確かに。お前のことが好きだなんて思ってた俺は、頭がおかしいのかも」

『おい』

「人の大事なアイスを食べるやつだなんて知ってたら、好きになんてならなかったのになあ」

『おい』

「俺はそろそろ寝る。じゃあな、泥棒《どろぼう》さん」

『お――』

賢吾の返答も聞かずに、ぷつっと通話をオフにする。

ざまあみろ。食べ物の恨みの恐ろしさを思い知るがいい。

そしてその翌日。

「文化祭？」

月島の空いた取り皿に肉を入れてやりながら、佐知は月島から聞いたばかりの言葉を繰《く》り返す。

「そう。普段《ふだん》は九条も忙《いそが》しくしているけれど、文化祭の日は本来休日だから、少しぐらい時間をもらえるんじゃないかなと思うんだ」

史と一緒《いっしょ》に雨宮医院の二階に帰宅して夕飯を作ろうとしていたら、手土産《てみやげ》にすき焼き用の食材を持って月島がやってきた。

雨宮医院に張り込んでいた組員が月島を見て慌《あわ》てふためいているのが見えたが、史が月島を（というよりもすき焼きの材料を）大歓迎《だいかんげい》したので、佐知はぶんぶんとこちらに向かって首を振《ふ》ってくる組員にべーっと舌を出して月島を招き入れ、今は仲良く夕飯を食べている。

先にお腹《なか》いっぱいになった史は今、月島が持ってきた携帯《けいたい》ゲームに夢中だ。

「なるほど。でも、話をするだけでは何とも……」

あの九条の頑《かたく》なな態度を考えると、そう簡単な話ではない気がする。

「俺じゃなくて、雨宮が話してもらえないかなって」

「俺？」

「あれから色々考えたんだよ。まずは九条の気持ちが大事だなって。九条が本当に嫌《いや》なら、俺はただ見守るだけにしようって思っているんだ」

「ほんとに⁉」

犬飼みたいにストーカーになるんじゃないかと心配したが、月島にはちゃんと理性があった。

理性万歳。

犬飼に知られたら恐ろしいことになりそうなことを考えて、佐知は月島の手をぎゅっと握った。

「よくぞ決心してくれた。分かった、俺頑張《がんば》るよ。九条さんのほんとの気持ちを聞いてみる」

「ありがとう、雨宮。雨宮なら絶対にそう言ってくれると思った」

「でも九条さん、素直《すなお》に話してくれるかなあ。絶対に月島を大学の研究室に戻《もど》すって決めてるみたいな感じだったよな。月島がどんなに戻らないって言っても駄目なんだろ?」

「……ハロー効果って知ってる?」

唐突に思える月島の言葉に、佐知は遠い記憶《きおく》を掘《ほ》り起こす。

「心理学の講義でやったことがある。その人の持つ中で一番目立つ特徴《とくちょう》によって、人物全体に高い評価がされちゃうこと、だったっけ?」

うろ覚えで自信がないが、イメージとしては間違《まちが》っていないはずだ。

「まあ、そんな感じかな。九条は俺のことを『天才』だと思い込んでいて、そのせいで俺のそれ以外の部分を見てくれないんだ。『天才』だから人に必要とされている。『天才』だから人の役に立つことができる。でもそれって本当の俺ではないでしょう?」

「月島が天才なのはほんとだと思うけど、月島が天才だからって人の役に立つかどうかはまた別の話だよな」

頭がいいからと言って、誰《だれ》もがそういう生き方をする訳ではない。ましてや、月島は他人に興味がない人間だ。わざわざ誰かの役に立ちたいだとか、必要とされたいだとか、そんな生き方は選ばないだろう。

「俺はね、ドラマツルギーに巻き込まれる気はないんだ。九条が望むからといって、九条と離《はな》れてそんな自分を演じる気はない。それを、九条にも分かって欲しい」

「なるほど」

ドラマツルギーとは、社会の中では人が俳優のように与《あた》えられた自分の役割を演じているという考え方、のはずだ。心理学の講義を真面目《まじめ》に受けといてよかった。月島は普段、ちゃんと佐知に合わせたレベルで会話をしてくれているから、この程度ならついてこられると思われているのだろう。正直ぎりぎりだが。

「まずは、九条さんに月島が研究に何の未練もないってことを、分かってもらうことからかな?」

「そうだね」

「ちなみに、研究室では何の研究をしてたの?」

「主にナノマシンについてだね。原子を材料にして分子を組み立てて物質を創造することができるようになれば、分子の構造が分かっているものは全《すべ》て作り出すことができるようになる。それどころか、必要に応じてそれに特化したナノマシンを作り出し、DNAエラーを自動修復することだって可能になって、将来的には——」

「ストップ！　一言で言い表せないってことはよく分かった」

何だかよく分からないが、とてつもない研究をしていたということも。九条が研究室に戻したいと思うのも当然かもしれない。

「あ、またおちた！」

寝転《ねころ》びながらゲームをしていた史が、悔《くや》しそうに足をじたばたさせる。どうやらゲームが進まなくなったらしい。

「どこで落ちたんだい？」

史に声をかけた月島が、近づいてゲーム機を覗《のぞ》き込む。

「ああ、この面か。結構難しいんだよね。……そう、そのまま進んで、ここを踏《ふ》み台にして……そうしたらここに乗って……」

「いけた！」

月島の教えに従ったらしい史が、上手《うま》くいったと声を上げて喜んだ。月島の言うことなら素直に聞くんだな、と思った佐知は、舞桜の言葉を思い出す。

『佐知さんがわりと平気で賢吾さんを後回しにしたりするのって、ある種の甘えみたいなものなのかもしれませんねえ。賢吾さんなら分かってくれるから平気、みたいな』

舞桜の言葉がぐっさりと胸に刺《さ》さったのは、そういう自覚があるからだ。

史が賢吾に反抗《はんこう》するのと同じ。何だか恥《は》ずかしくなってくる。

賢吾のためにもこのままじゃ駄目だと思った。それは今もそう思っているけれど、愛されていることに胡坐《あぐら》をかいている部分は確かにある。

「ねえさち！　ぼくできたよ！」

満面の笑《え》みの史に笑顔を返しながらも、佐知は賢吾のことを考える。

悔しいけど、早く賢吾の顔が見たい。

「ねえ、つきしまさんはさちのともだちなんでしょ？」

「そうだよ」

「じゃあ、ぱぱとももともだち？」

「どうかなあ。でも、同じ中学校には通っていたよ？」

「え、ぱぱってちゅうがっこうにかよってたの!?　じゃあ、さちも!?」

史の驚《おどろ》きに、佐知と月島は顔を見合わせて笑う。史にとっては佐知も賢吾もずっと大人で、子供だった頃《ころ》が想像できないのかもしれない。

「二人とも、中学生だったよ？　パパは中学生の頃からずっとあんな風に怖《こわ》い顔だった」

「ぱぱはこわくないよ？」

「そう？」

「うん。ぱぱはすっごくやさしいの。おなじほいくえんのおともだちのぱぱのなかでもいちばんだよ？」

きっと賢吾のことを誰よりも優《やさ》しいと思うのは、史と、それから佐知ぐらいだろうな、と思いながらも、史の言葉に胸がほわっとする。

「ぱぱはおこるときもやさしいの。ぼくがわるいことしておこられてるのに、ぱぱのほうがかなしいかおしてるの。だからぼく、ぱぱこわくないよ？　だいすき」

ここに賢吾がいたら、感動して泣いていたんじゃないだろうか。

子供は本当に大人をよく見ている。小さな頃から色々あった史は尚更《なおさら》だ。そんな史にこうして全幅《ぜんぷく》の愛情を向けられるのは、それだけ賢吾が愛情を傾《かたむ》けてきたからだ。

「いいなあ、東雲は」

月島が、史の頭を優しく撫《な》でる。

「こんな風に、自分を分かってくれる人が二人もいるなんて、贅沢者《ぜいたくもの》だ」

「つきしまさんにはいないの？」

「分かってもらいたい人は、いるかな」

「ふーん。じゃあ、まずはつきしまさんがしょうじきじゃないとね」

「え？」

まさか小さな子供にそんなことを言われるとは思わなかったのだろう。少しだけ驚いた顔をする月島とは違《ちが》って、佐知にはその言葉の出所がすぐに分かった。

「ぼくがおともだちとけんかしたときに、ぱぱがいってたの。じぶんのきもちをわかってほしかったら、しょうじきにいわないとだめだぞって。いわなくてもわかってくれるとおもってるのか？　じぶんだっていわれないとわからないだろう？　って」

確かにそう言っていた。史が碧斗と大喧嘩《おおげんか》をした時のことだ。史は碧斗がおもちゃを貸してくれなかったと言い、碧斗は史だっておもちゃを貸してくれなかったと怒《おこ》った。賢吾は二人を正座させ、今史が言ったのと同じことを言ったのだ。

「参ったね……間接的に東雲からのアドバイスを聞くことになるとは」

「ははは、今の月島にぴったりじゃないか。さすが史」

佐知が褒《ほ》めると、史は起き上がってえへへと胸を張る。

「ねえつきしまさん、ぼく、さちとぱぱのちゅうがくせいのときのはなしききたい！」

「ちょ、何言ってるんだよ史、別に聞いて面白《おもしろ》いような話は――」

「いいよ」

「おい、月島っ」

「何がいいかなあ。パパと佐知の毎朝の口喧嘩の話がいい？　それとも、パパが佐知をお姫《ひめ》様抱《だ》っこしてグラウンドを猛《もう》ダッシュした話？　ああ、佐知がミスコンに出るかもって聞いて、パパがミスターコンに出場しようとした時の話でもいいなあ」

「うわわわ、月島やめろって！」

「ぼく、ぜんぶききたい！」

佐知の中学時代の汚点《おてん》をピンポイントでついてくるのはさすがである。慌《あわ》てて月島の口を塞《ふさ》ごうとしたら、その前にぴょこんと史が飛びついてきた。

「ほらさち、いっしょにきこ！」

勘弁《かんべん》してくれ！

そして文化祭当日。

文化祭は全日制と定時制と同時に行うため、多くの人でにぎわっていた。

校門の前に立った佐知は、当然そこにいると思っていた人物を見つけて声をかける。

「いると思った」

「お互《たが》い様だろ？」

そこにいたのは賢吾だった。

もちろん、待ち合わせなどはしていない。でも、賢吾なら必ずいると思っていた。どちらともなく、歩調を合わせて歩き始める。

「史は？」

「舞桜に頼《たの》んだ」

「……月島と飯を食ったってな」

「すき焼きの材料を持ってきてくれて、史が大喜びだったよ」

「そうか。史が入れたのか」

賢吾がくっと笑う。

「何だよ？」

「史はお前が大好きだからな。もし月島がほんのちょっとでもお前に対してよこしまな気持ちを持ってたら追い出してたはずだ。そうしなかったってことは安心だな、と思ってな」

「史を番犬扱《あつか》いするなよ」

「本人は騎士《きし》のつもりだぞ？」

もしかしてこいつ、だから俺が史を連れていくことに文句を言わなかったのか？

ちょっと呆《あき》れつつも、ここで言い合いになってはまた喧嘩になるので我慢《がまん》する。

「おい、急げよ！」

「そっち持って！」

生徒達が溌剌《はつらつ》とした表情で忙《いそが》しそうに行き交《か》っていく。そんな姿を眺《なが》めていると、自分達の高校時代を思い出した。

「一年の頃から生徒会にいたから、一、二年の頃は走り回ってたなあ」

「ああ。あの頃のいきいきとした顔で走り回ってるお前も可愛《かわい》かったな。俺は役員じゃねえのに、顎《あご》でよくこき使ってくれたよな」

「よく言うよ。あの頃は気づいてなかったけど、よく考えてみたらお前、ずっと俺について回ってたんだろ。だから手が欲しい時にいつでもお前が視界に入ったんだよ」

「バレたか」

「ほんと、昔から俺のことが大好きなのな、お前は」

佐知が気づいていなかっただけで、賢吾の手はいつだって佐知に差し伸《の》べられていた。必要な時ほど、佐知が叩《たた》き落とさないようにごく自然な形で。

「三年になって、お前と進路のことで喧嘩になって」

「お前が一方的に怒ってただけだけどな」

「……まあ、そうか。俺はお前を無視するようになって、ずっと苛々《いらいら》して、今考えたら最悪だよな。三年の文化祭の日、覚えてる？」

高校時代、文化祭の日も、運動会の日も、何かのイベントごとの時はいつだって、賢吾はいつもの場所にいた。待ち合わせなんかしていないのに、当たり前の顔でそこにいて、佐知も当たり前のように賢吾はそこにいると思っていたあの頃。

それなのに、賢吾と進路のことで喧嘩した後の文化祭の日。佐知はいつもの場所には行かなかった。きっと賢吾も——

「来なかったな、お前」

「え？　お前、行ったの？」

「行った。たぶんお前は来ないだろうって分かってたが、行かずにはいられなかった。だってもしお前が来て、その時に俺がいなかったら、お前は傷ついただろ？」

「……………」

あの日、佐知は行かなかった。だからただの想像でしかないが、賢吾の言っていることが正しいだろうと思った。自分から賢吾を遠ざけたくせに、もしあの場に行って、それで賢吾がいなかったら、佐知はそのことに傷ついたはずだ。

……というか、たぶん、それが怖《こわ》いから行かなかった。いや、行けなかった。

「お前だって、傷ついただろ……？」

俺が来なかったことに。

「いや、ほっとした。もし俺が来てなかったとしても、お前は傷つかなかったんだって分かったからな」

「……お前って、ほんと馬鹿《ばか》」

いつだって佐知のことばかり考えている。自分の気持ちより佐知の気持ちを優先するなんて、本当に馬鹿だ。

「あの日、何してた？」

賢吾に問われて、当時のことを思い出す。

「お前が来る前にと思って朝イチで学校について、それからはなるべくお前とかち合わないようにしてた」

「お前も馬鹿じゃねえか。俺のことを避《さ》けても結局、ずっと俺のことを考えてた訳か」

「ポジティブも大概《たいがい》にしろよ」

「ははは」

あの日は、絶対賢吾なんかに会ってやるもんかと思って一日を過ごしたから、文化祭がどんな風だったかもあまり覚えていない。

「お前はあの日、何してた？」

「お前を追いかけたところで嫌《いや》がられるのは分かってたからな。屋上で昼寝《ひるね》してたな」

「文化祭、見て回らなかったのか？」

「お前がいねえのに、そんなの回っても意味ねえだろ？」

じゃあ、二人とも、あの年の文化祭のことはほとんど知らないということか。過去のことを今更《いまさら》言っても仕方がないが、二人とも馬鹿だなと思った。

「じゃあ、今日はやり直しだな」

「やり直し？」

「そう。あの日のやり直し」

入口にあったパンフレットをじゃじゃーんと掲《かか》げると、佐知の言いたいことを理解して賢吾が笑う。

「お前はどこに行きたいんだ？　まあ、どうせ食い物だろうが」

「あったりまえじゃん！」

パンフレットを広げ、食べたいものをピックアップしていく。

「えっと、フランクフルトにクレープ、あ、でも今井のやってる喫茶店《きっさてん》にも行かなきゃいけないから、あんまり食べ過ぎるのも駄目《だめ》だな」

これは深刻な問題だぞ。歩きながらパンフレットとにらめっこしていたら通行人と当たりそうになったが、さりげなく賢吾が腰《こし》を引き寄せて避《よ》けてくれた。

「……それで？　お前のやりたかったことはちゃんとできたのか？」

「まだ。でも、もうちょっと、かな？」

「そうか」

「一人で寂《さみ》しい？」

パンフレットから目を離《はな》して顔を上げる。

「当たり前だろ」

そう言って佐知の頭をくしゃりと撫《な》でた賢吾の目は本当に寂しそうで、今すぐ帰ってやりたい気持ちになったけど、今はまだ駄目だ。

「まだ許してないからな」

「こっちの台詞《せりふ》だ」

そう言いながら、人気《ひとけ》が少なくなったところで二人は自然に手を繋《つな》ぐ。

模擬《もぎ》店が行われているのはグラウンドや奥の校舎が多く、中庭は人もまばらだ。それでも、ざわざわとした賑《にぎ》わいはあちこちから聞こえてきて、何だかひどく懐《なつ》かしい気持ちになった。

「なあ、このお化け屋敷《やしき》に行こうぜ」

「前言撤回《てっかい》。一人で回れ」

佐知が手を離すのを予期していた賢吾が、ぎゅっと握《にぎ》りしめて抵抗《ていこう》する。ぶんぶん振《ふ》っても離れないので諦《あきら》めたが、代わりに肘《ひじ》で脇腹《わきばら》を突《つつ》いてやった。

「おいおい冗談《じょうだん》だろ。まさかたかだか高校の文化祭程度が怖いんじゃねえだろうな」

「は、はあ!? さすがにそんなのが怖い訳ないし！ ただ単に、そういうのに興味ないいだけだし！」

「興味がないだけなら付き合ってくれよ。ここに二人一組って書いてあるだろ？ 俺一人じゃ行けねえし」

「お、お前がどうしてもって言うならっ、行ってやらないこともないこともないけどっ」

「どっちなんだよ」

楽しそうに笑いやがって。佐知の性格など知り尽《つ》くしている賢吾だ。こんなのがただの強がりだということだって百も承知のくせに、ようやく手を離したかと思ったら、賢吾は佐知の肩《かた》を抱《だ》いて神妙《しんみょう》な顔をしてくる。

「じゃあ、どうしても、ってことで」

「……っ、しょ、しょうがないなっ！」

嘘《うそ》です怖いです行きたくないです。そう白状しようとした言葉が止まったのは、佐知の肩を抱く賢吾の数日ぶりの温《ぬく》もりに胸がほわっとしたからだ。

考えてみたら、賢吾とお付き合いなどというものを始めてから、こんなに長い時間を別々で過ごしたのは初めてだった。賢吾が入院していた時でさえ、一日に一度は必ず顔を合わせていたのだ。

「佐知？」

きっとからかうだけのつもりだったのに、佐知が案外あっさりと承知したことが不思議だったのだろう。肩を抱いたまま、賢吾が佐知の顔を覗《のぞ》き込んでくる。

そんな風に、いつだって佐知のことを愛《いと》おしく見る目が好きだ。優《やさ》しい声が好きだ。

そう思ったら、何も言わずに唇《くちびる》を触《ふ》れ合わせていた。……ここがどこだかも忘れて。

「…………」

唇を離すと、賢吾が唖然とした顔をして、この男にこんな顔をさせられるのはきっと自分だけだろうと思った。

「今……そういう雰囲気《ふんいき》じゃなかった、よな？」

「そういう雰囲気ではなかったけど、そういう気持ちだったんだよ」

「いや、ちっとも分からん」

賢吾はそう言って首を傾《かし》げたが、すぐに「まあ、いいか」と笑った。たまたま人が途切《とぎ》れていたタイミングだったとはいえ、こんなところで何をしているのか、なんて慌《あわ》てることもなく、嬉《うれ》しそうにする。

恥《は》ずかしそうにされるとこっちも恥ずかしくなってしまうけれど、賢吾があまりに当たり前に受け止めてくれたので、佐知も自分の行動にあまり照れずに済んだ。

「仲直り？」

「それとこれとは別。アイスを食べられた恨《うら》みはまだ忘れてない。いや、むしろ一生忘れるつもりはない」

「分かった分かった、何か買ってやるから」

「じゃあ今日は全部賢吾の奢《おご》りで！」

「はいはい」

グラウンドには模擬店がずらりと並んでいた。この学校ではクラスごとだけではなくクラブや同好会なども自由に模擬店を出せるらしく、食べ物以外にも、手芸部や美術部の作品が売られていたりして、見ているだけでも面白《おもしろ》い。

「へえ、イラストを描《か》いてくれるんだって」

佐知が足を止めたのは、美術部が行っている似顔絵コーナーだった。その場で描いてくれる

というイラストの見本はどれもコミカルで可愛《かわい》い。

「あ、あの！　よろしければ今すぐ描けますのでっ、すぐですっ、すぐ！」

スタンバイしていた何人かの女生徒の中の一人が、必死な形相で売り込みをかけてきた。

「あれだったらっ、お代はいらないのでっ！　描かせていただければそれだけでっ」

模擬店をやるからには盛況《せいきょう》になって欲しくて頑張《がんば》っているのだろう。協力してあげたくなって、佐知は賢吾を促《うなが》して席に座る。

「じゃあ、せっかくだから描いてもらおうかな。もちろん、お代は払《はら》うよ。このおじさんが」

「おじさんって言うな」

「おじさんだなんてそんな……っ！　めちゃくちゃハイスペっぽくて最高ですよ！」

「はいすぺ？」

「あ、いやすいません！　こっちの話なんでお気になさらず！　え、えっと、どんな感じの似顔絵をご希望ですか？」

「うーん、じゃあせっかくだから全開の笑顔《えがお》のやつ」

「はい！　ありがとうございます最高です！」

佐知のオーダーに女生徒の目がきらきらする。お客さんが来たのがそんなに嬉しいのか、やたら張り切る女生徒が面白くて、駄目だと思いつつも、つい佐知はぷっと噴《ふ》き出してしまった。

「ご、ごめんね……っ」

「いえ！　その笑顔いただきました！　喜んで描かせていただきます！」

そう言ったかと思ったら、女生徒の手が迷いなく動き始める。本当にあっという間に、イラストが出来上がっていくのを、半ば啞然《あぜん》とした気持ちで見ていた。

「はやっ」

思わず佐知と賢吾が呟《つぶや》いていると、女生徒が手を止めて顔を上げる。

「あ、もう一つ笑顔が欲しいんですが！」

「え？」

女生徒のきらきらした目が向けられたのは、賢吾のほうだ。

「全開の笑顔のイラスト！　というオーダーですので、全開で笑ってください！」

「面白くもねえのに笑えねえぞ」

「ふーん。俺と一緒《いっしょ》の文化祭は、楽しくないって？」

「そんなこと言ってねえだろ？」

「いや言ってる。ね、言ったよね？　そう思わない？」

佐知が女生徒を巻き込むと、女生徒は神妙な顔で頷《うなず》いた。

「いや、もちろん受けの前でしか笑わないというのはすごく美味《おい》しいと思うんですけど、せっかくなのでやっぱりハイスペの笑顔の威力《いりょく》を見たいと思います」

「何の話？」

うけ？　はいすぺ？

「いえいえこちらの話なのでお気になさらず！　えっとじゃあこうしましょう！　お互《たが》いに向き合ってください」

言われた通りに賢吾と向き合う。

「そのまま、見つめ合っててください」

じっと見つめ合う。こいつ、ほんとに黙《だま》ってたら恰好《かっこ》いい顔してるんだよな。まあ、黙ってなくてもいい男なんだけど。そりゃあ、どこに行ってもモテる訳だよ。見た目だけじゃなくて、中身も最高なのは分かってるけど、別にこんなに恰好よくなくてもよかったのにな。そしたら俺も、いちいちヤキモチ焼いたりしなくて——

「ぶっ……！」

突然《とつぜん》賢吾が噴き出す。

「何だよ、人の顔を見て笑うなんて失礼だな」

「だってお前……っ、一人で百面相して——」

「はいっ、いただきましたっ！」

女生徒の声で我に返る。

「最高の笑顔いただきましたんで！　今すぐ描くんで待っててください！　いやあ、やっぱ萌《も》えの力ってすごいわ！　手が止まらないわ！」

女生徒の手が、また迷いなく動き始める。そうして佐知と賢吾がその手の速さに見入っている間に、イラストが完成した。

「はい！　我ながら最高傑作《けっさく》です！」

「うわあ……賢吾が笑ってる」

イラストの中の賢吾は、顔をくしゃりと歪《ゆが》めて笑っていた。ものすごく楽しそうに。

「すごく気に入った。ありがとう」

「いえ！　こちらこそ、いいものを見せてくださってありがとうございます！　尊いです！　ご馳走様《ちそうさま》です！」

「とう、とい？」

何だろう。これが年を取ったということなのだろうか。何を言っているのかさっぱり分からない。料金を払い、似顔絵を受け取ってお礼を言った後、首を傾げながらその場を後にした。

「これ、玄関《げんかん》に飾《かざ》ろうかな」

「やめろ」

「せっかくだから賢吾のこの笑顔を皆《みんな》に見せたい」

「やめろって」

賢吾は本当に嫌《いや》そうに顔を顰《しか》めたが、佐知はこのイラストが心の底から気に入っていた。

「なあ、気づいた？　ここ」

イラストの中の自分達の手を指差す。お互いの指には、きらりと光る指輪が描かれていた。

「俺達の関係に気づいた上で、こんな風に描いてくれたんだな」

本当に素敵《すてき》なイラストだ。史がいなかったのが残念なぐらい。

史は舞桜と碧斗と一緒に、先に文化祭に来ているはずだった。後で史と会えたら、もう一回描いてもらいにいこうかな？

そんなことを考えながら、ぐしゃぐしゃにならないように注意してデイパックの中に似顔絵を収納していると、賢吾が不意に言った。

「後で史ともう一回行くか？」

「ははっ、もうほんとお前大好き！」

さすが賢吾。同じことを考えていたのが嬉《うれ》しくて、賢吾に飛びついた。賢吾はそんな佐知を危なげなく受け止めて、そのままダンスのように腰《こし》を抱《だ》いてまた歩き出す。

「どうせするなら、人にぶつからないようなもっと広いところでやってくれ」

「何だよ。俺がせっかく喜びを爆発《ばくはつ》させたのに、一人だけ冷静でさ。やり直しだって言っただろ？　お前も高校生ぐらいのテンションでいけよ」

「お前に怪我《けが》させたくねえだけだ」

「過保護」

「無鉄砲《むてっぽう》」

いつも通りの言い合いをしながらグラウンドを去っていく二人は、その姿をぼうっと眺《なが》めながら、呟《つぶや》いている者達がいることに気づいていなかった。

「ツンデレ受けとハイスペ攻《せ》め最高……」

「何言ってんの……あれは絶対天真爛漫《てんしんらんまん》受けに執着《しゅうちゃく》攻めでしょ……」

「馬鹿《ばか》言わないでよ、女王様受けとヤンデレ攻めよ……」

美術部の部員達の間で、血で血を洗う闘争《とうそう》が始まる。


「そろそろ行くか」

賢吾のその言葉で、二人は今井のクラスがやっている執事喫茶《しつじきっさ》を覗《のぞ》きに行くことにした。

「え……」

執事喫茶と書かれた暖簾《のれん》を潜《くぐ》って教室に入ると、そこにはコスプレ姿の今井がいたが、今井は二人を見た途端《とたん》にメデューサに睨《にら》まれたかのように固まってしまった。

「おーい、今井？」

「お、お二人で、来てくれたんすか？」

「今井の晴れ姿を見に、な」

「そんな……っ、今にも離婚《りこん》寸前なのに一緒に来てくれるなんて……っ」

「離婚？」

離婚寸前？　誰《だれ》が？

二人は顔を見合わせる。

「京香さんと吾郎さん、そんなに揉《も》めてるのか？」

「いや、いつものようにばばあがキレてるのは見たが、いつも通りのキレ方だったぞ？」

「え？」

佐知と賢吾の困惑《こんわく》を見て、今井も首を傾《かし》げる。いや、言い出したのはお前なんですけど。

「……こっちの心配も考えてくださいよ」

三人の間に流れていた変な空気を断《た》ち切ったのは、伊勢崎の声だった。……幻聴《げんちょう》かな？

「だよねえ」

同意する史の声も聞こえてきたのできょろきょろと辺りを見回すと、見慣れた一団が席に座ってパフェを食べていた。

「あ、いたんだ」

舞桜が史達と先に来ているのは知っていたが、伊勢崎まで来ているとは思わなかった。

「いましたよ。お二人が外で騒《さわ》いでいた時からずっと」

「外で騒ぐ？」

窓際《まどぎわ》の席に座っている伊勢崎は、窓の外を指差す。

「馬鹿みたいに浮《う》かれている馬鹿の頭がここからよく見えて、思わずパフェをぶん投げるところでした」

「え⁉　そこから見えてたの⁉」

伊勢崎の隣《となり》に座る舞桜が苦笑《くしょう》しているところを見ると、伊勢崎だけではなく、あそこに座っている全員が見ていたらしい。やだもう消えたい。

「ふみのぱぱもさちもさ、もうちょっとひとめってもんをきにしたほうがいいとおもうぜ？」

碧斗が丁寧《ていねい》に止《とど》めを刺《さ》してくる。今すぐちょっとどこかに穴を掘《ほ》って埋《う》まってこようかな。

「こら、碧斗！　本当にすみません、お二人とも。俺は、素敵だと思いましたよ？」

「何だ、君もしたいのか？　今からグラウンドに行くか？」

「え⁉　いや、俺はいいです！　ああいう恥《は》ずかしいことはちょっと……っ」

舞桜にまで悪気なく傷口に塩を塗《ぬ》られ、佐知はぎゅっと唇《くちびる》を噛《か》みしめて辱《はずか》しめに耐《た》える。あんな慣れないことをするんじゃなかった！

「おい、それぐらいにしてやれ。佐知が泣くだろうが」

「え、何でお前は他人事《ひとごと》なの？　お前はこっち側でしょ？　一緒《いっしょ》に恥ずかしがれよ」

「俺は別にお前が怪我さえしないなら、もう一回やりに行ったっていいし」

そうだ、こいつは羞恥《しゅうち》という感情をどこかに捨ててきた男だった。

「はいはい。茶番はそれぐらいにして、座ったらどうですか？　いつまでもそこで立っていたら、他《ほか》のお客様が入ってこられないでしょうが」

促《うなが》され、伊勢崎達の隣のテーブルに腰を下ろす。すぐに今井が注文を聞きに来てくれて、メニュー表を渡《わた》された。

「それで、離婚って何の事？」

「いや、あの……お二人が大喧嘩《おおげんか》してたじゃないですか。だから、その……」

「ああ、あれか」

佐知はぽんと手を叩《たた》き、今更《いまさら》そのことを思い出す。

『あったまきた！　お前が何と言おうが、俺は俺の好きにするからな！　しばらく別居だよ別居！（顔を合わせると喧嘩になるので、やりたいことが終わるまでしばらく家を留守にします）』

『上等だこの野郎《やろう》！（気をつけろよ）』

『当分帰らないからな！（しばらくかかるぞ）』

『勝手にしろ！（好きにしろ）』

「――ってやつか。まあ喧嘩と言えば喧嘩だけど、どっちかというと、意思表明？　みたいな感じだし、そんな深刻なもんじゃないぞ？」

「まあ、そんなもんだな」

「分かるか！」

伊勢崎と今井が同時に突《つ》っ込んだ。

「そもそもさあ、喧嘩したぐらいで離婚！　って大袈裟《おおげさ》すぎないか？」

「いや、だって！　若が佐知さんが出てくのを許すなんて異常事態っすよ!?　俺ら、どっちについて行けばいいのかって、ほんと真剣《しんけん》に悩《なや》んでたのに……」

「まあ、しばらくくっつってたし、佐知がここまで引かねえってことはどうしてもそうしなきゃいけねえ理由があるんだろうしな」

うんうん、と佐知は賢吾の言葉に頷《うなず》いた。ここまで変わった二人の関係を噛みしめながら。

以前の賢吾なら、何だかんだと怒《おこ》りながらもきっと自分が折れていたはずだ。佐知が何と言おうが、離《はな》れるという選択《せんたく》は絶対にしなかっただろう。

正直なところ、佐知はずっと賢吾のそういうところが不満だった。別に賢吾と喧嘩をしたい訳ではなかったけれど、いつだって自分の気持ちを呑《の》み込んで、最終的には佐知に従ってしまう賢吾に、ずっと苛立《いらだ》ちを感じていたのだ。それがものすごく自分勝手で我が儘《まま》なことだとは分かっているけれど。

佐知は恵《めぐ》まれている。いつだって賢吾は佐知の気持ちを優先してくれて、佐知の居心地《いごこち》の良さを一番に考えてくれた。それの何が不満なのだと呆《あき》れる人もいるのかもしれない。溺《おぼ》れるぐらいに甘やかして、いつだって我が儘を聞いてくれて、大事にしてくれる。きっと賢吾は、大多数の人からすれば理想だ。

でも佐知は、賢吾に理想なんか求めていない。

佐知を優先して、佐知が一番で。賢吾がそうしてくれることに佐知はとても居心地がいいけれど、賢吾はどうだ。そんな一方的な関係が果たして長続きするのか。

佐知は強欲《ごうよく》だ。賢吾との今だけが欲しいんじゃない。過去も今も、そして未来も、全部が欲しい。

ずっと一緒に生きていく。たとえ賢吾が嫌《いや》だと言ったって、佐知はもう賢吾を逃《に》がす気がなかった。そして、ずっと一緒に生きていく上で、腹を割った関係でいることは必須《ひっす》だと思っていたのだ。

だから賢吾と喧嘩になった時、腹は立ったが嬉《うれ》しくもあった。あの賢吾が引かない。佐知が怒って家を出ていくと言って、それを許した事実。それは、賢吾が当たり前に佐知が帰ってくるのを信じているということだ。

口喧嘩は今までも当然していた。けれど、二人が恋人《こいびと》になってから、本気の大喧嘩はほとんどしたことがなかった。大抵《たいてい》は佐知が一方的に怒って、賢吾はそれに沈黙《ちんもく》するか折れるかで、それは喧嘩というにはあまりに一方的なものだった。

もちろん、喧嘩なんかしないに越《こ》したことはないのだが、そうしてお互《たが》いの気持ちを曝《さら》け出して本気で喧嘩ができる、ということは、二人にとっては大きな変化である。

舞桜に、佐知が賢吾に甘えている、と言われた時、胸にぐさりとくるものがあった。確かに佐知自身、賢吾にそうして甘えている部分がある。佐知はそういう甘えを、佐知だけの一方的なものではなく、賢吾にももっと持って欲しいのだ。

「俺はさ、賢吾と喧嘩できて嬉しかったよ？」

「……まあ、確かにそうかもな」

賢吾が、ふっと苦笑を浮かべた。

「お前の言いたいことが、何となく分かった気がする。信じてるから、喧嘩もできる」

「どうかなあ？　もう帰ってこないかもしれないぞー？」

「そしたら、医院をぶっ壊《こわ》して帰れる場所を無くしてやるからな」

「それ、前から言ってるけど、お前が言うと冗談《じょうだん》に聞こえないからやめてくれる？」

「冗談だと思うか？」

こんな時ばっかり、賢吾がものすごくいい顔で笑う。

「……思わない」

早く九条の気持ちをちゃんと聞いて、家に帰らなければ。

「まあ、何はともあれ、お二人がいつも通りでよか――」

「た、大変だ！」

血相を変えた男が、教室に飛び込んでくる。定時制の生徒は年齢《ねんれい》がばらばらなので、一見しただけでは男が生徒なのか先生なのか、それともただの文化祭一般客《いっぱん》なのか分からなかったが、慌《あわ》てふためいて続けた言葉で、今井の同級生なのだと分かった。

「田村《たむら》達が二日酔《よ》いで来られないって！」

「二日酔いぃ⁉」

今井が顔を顰《しか》めて大きな声を出す。

「あれほど言ったのに、あいつらぁ！」

「なあ今井、何か困ったことになったのか？」

「午後からの執事《しつじ》役は、俺と他に四人が参加することになってたんすけど、そのうちの三人がホストで、そいつらが昨夜《ゆうべ》の営業で飲みすぎて来られないって……」

「三人も……」

それは大問題だ。教室内を見る限り、そんなにたくさん客が入っている訳ではないが、今回の文化祭で喫茶店《きっさてん》をしているのはこのクラスだけだ。そろそろ歩き疲《つか》れた人達が休憩《きゅうけい》がてら訪《おとず》れる頃《ころ》かもしれず、そうなるとさすがにフロアを二人で回すのは難しいだろう。

「おやすみのひとがいるの？　だったら、ぼくおてつだいするよ？」

ほくほく顔でパフェを食べていた史が、唇の端《はし》に生クリームをつけたままで、はい、と手を挙げた。

「史坊《ぼっ》ちゃん……お気持ちは嬉しいんすけど、史坊ちゃんにそんなことをさせる訳には——」

「あのね、えっとね、こまったときは……なんていうんだったたっけ？　おまえさま？　じゃなくって、えっと……」

「お互い様、か？」

賢吾の言葉に史が、「それ！」と手を叩いた。

「ぼくたちもこのあいだのおゆうぎかいで、ゆうとくんがおねつでおやすみしちゃってね？　そのときにせんせいがいってたんだよ？　たすけあい？　がだいじだって！　だからね、みんなでおてつだいしよ！」

「皆《みんな》って、俺達？」

「うん！　いち、にー、さん、しー、ごー、ろく。ぼくたちろくにんもいるよ！　みんなでやればだいじょうぶだよね！」

史が数を数えながら指差した先は、佐知、賢吾、伊勢崎、舞桜、碧斗、そして自分自身。

「あ、俺達は少し用事を思い出したので」

「おい伊勢崎、逃がすと思ってんのか？」

にやっと笑った賢吾が伊勢崎の肩《かた》を掴《つか》む。伊勢崎はものすごく嫌そうな顔をしたが、隣《となり》の舞桜が「俺、文化祭に参加したことがなかったんで、ぜひやってみたいです」と言った途端に「やります」と言った。こいつ、本当に舞桜至上主義なんだな、とちょっと呆れた佐知だ。

「いや、あの、本当にありがたいんすけど、衣装がちょっと……皆さんの体格とは合わないんじゃねえかなって……」

ああ、それもそうか。佐知と舞桜は思わず賢吾と伊勢崎に視線を送る。佐知と舞桜はともかくとして、あの二人は平均よりも身長が高い。

「そうですね。とても残念ですが、俺達では到底《とうてい》——」

「ちょっと待て」

ここぞとばかりに話を終わらせようとした伊勢崎を遮《さえぎ》り、佐知は舞桜の肩を叩《たた》いてごにょごにょと話しかける。佐知の内緒話《ないしょばなし》を聞いた舞桜は、ちょっと頰《ほお》を赤らめながら頷いた。

「伊勢崎君、舞桜ちゃんがどうしても伊勢崎君の執事姿を見たいって言ってるんだけど」

「ちょ、佐知さん！　どうしても、なんて、そこまでは……っ」

慌てて訂正《ていせい》しようとした舞桜を笑顔《えがお》で黙《だま》らせる。せっかくの今井の文化祭だ。手伝えることは手伝ってやらないと。決して、賢吾と伊勢崎が執事姿で他人に奉仕《ほうし》する姿を見て笑いたいなんて思っていない。思っていませんとも。

伊勢崎は、三秒だけ考えた。それからすぐに、スーツの内ポケットからスマホを取り出す。

「……もしもし、俺だ。今からメールで用件を送るから、それを見てすぐに行動に移せ」

「よし」

伊勢崎が本気になれば、スーツだろうが何だろうがすぐに用意できるだろう。

これは面白《おもしろ》くなりそ……こほん。いやいや、今井の役に立てそうでよかったなあ。

「──で、何でこうなる」

佐知はぶすっとした顔をトレイで隠《かく》しながら呟《つぶや》いた。

「自分だけ裏方に回ろうなんて、許す訳がないでしょう？」

隣に立った伊勢崎が、ふんと鼻を鳴らす。

「人数は足りてたのに！」

「多ければ多いほどいいんですよ、こんなものは」

後輩《こうはい》とは思えない傲岸不遜《ごうがんふそん》な態度で教室の壁《かべ》に凭《もた》れている伊勢崎は、もうすでに燕尾服《えんびふく》に身を包んでいる。本来の執事が燕尾服なのかは知らないが、伊勢崎と賢吾が持っている執事っぽい服がこれしかなかったらしい。……というか、そもそも何故《なぜ》燕尾服なんか持っているのかが不思議だ。

ちらちらと、教室内の視線がこちらに集まってくる。

「毒舌《どくぜつ》ばかりが先に来て時々忘れちゃうけど、お前って見た目はいいんだよなあ」

メガネはかけたままだが、執事らしく髪《かみ》をセットし直されている。きっと今井のクラスの女子生徒が張り切ってやってくれたのだろう。

「言っておきますが、佐知さん。この視線のほとんどは佐知さんのせいです」

伊勢崎はため息混じりにそう言って、値踏《ねぶ》みするように佐知の姿を眺《なが》めた。

「時間がなくてこれしか用意できなかったとはいえ、若がうるさいでしょうね」

「え？　何か変？　俺、こういうのは着慣れなくてさ。どっか間違《まちが》ってる？」

佐知が着ているのは東雲組の経営するバーの制服だ。カマーベストと長いエプロンの組み合わせは着たことのないものだったが、何となくいい感じに着られたかなと勝手に思っていたのだが。

「ここのボタンとか外したほうがよかった？　それとも腕《うで》まくりしたほうがよかったとか？」

「どっちも必要ないです。若の地雷《じらい》を丁寧《ていねい》に踏《ふ》もうとするのはやめてくださいよ」

「お前が俺の恰好《かっこう》がおかしいみたいに言うからだろ」

唇《くちびる》を尖《とが》らせて不貞腐《ふてくさ》れる佐知を無視し、伊勢崎は教室の時計を見て苛々《いらいら》した声を出す。

「若と舞桜は遅《おそ》いですね……」

「賢吾は顔が怖《こわ》いからちょっと髪を下ろしたほうがいいって女の子達に言われてたし、舞桜は着慣れないから戸惑《とまど》ってたみたいだな」

舞桜は佐知と一緒《いっしょ》に着替《きが》えていたが、ちょっと恥《は》ずかしいので落ち着く時間が欲しいとスタッフルームにしている場所に籠《こも》っている。

「佐知さんは恥ずかしげもなくすんなり出てきた訳ですね」

「人のことを恥知《はじし》らずみたいに言うなよ。俺だって好きで着てないからな？　ただ……」

どうせなら、賢吾が完璧《かんぺき》に服装を整えてから見たいなあ、なんて思ってしまって、なるべく賢吾を見ないようにしてスタッフルームを飛び出してきたのだ。

「気持ち悪いです」

「……心を読むのやめてくれる？　伊勢崎だって、舞桜の執事姿が見たくてここで待ち構えてるんだろ？」

「一緒にしないでくださいよ。俺はできれば舞桜の姿を誰《だれ》にも見せたくありませんね。本当に、まったく。だって、可愛《かわい》いに決まっているじゃないですか。そんなことは見なくても分かるんですよ。どうするんですか、舞桜の可愛さを見て舞桜に惚《ほ》れない人間なんかいないじゃないですか、どうして見せたいなんて思えるんですか、あり得ないですよ」

「落ち着けよ伊勢崎、俺が悪かったから」

いつも冷静な伊勢崎らしくもなく、わなわなと手を震《ふる》わせる。

「舞桜の可愛さを、できれば誰にも知られたくない。でも俺は、舞桜のやりたいことを邪魔《じゃま》したくもないんです。文化祭に参加してみたかったなんて言われて、それを邪魔できますか？　佐知さんはできるんですか？　鬼《おに》ですね」

「別にできるなんて言ってないだろ」

そもそも、鬼に鬼って言われるのもちょっと納得《なっとく》がいかないんだけど。

こいつほんとに、舞桜のことになると面倒臭《めんどうくさ》いな。

「そもそも、佐知さんが止めてくれないから悪――」

突然《とつぜん》、伊勢崎の言葉が止まった。どうした、世界の終わりか？　と思いながら伊勢崎の顔を見ると、ぽかんとしたあほ面《づら》で入口のほうを見ている。

「おい、伊勢崎、どうし――」

伊勢崎の視線に釣《つ》られて入口に目をやった佐知は、同じくその先の言葉を失った。

「あ、あの……変じゃ、ないですか？」

入口に立っていたのは舞桜だった。舞桜と佐知は燕尾服を持っていなかったので二人共同じ姿のはずだが、カマーベストと腰《こし》にきゅっと巻かれた長いエプロンが舞桜の華奢《きゃしゃ》な体に色気を乗せ、少し恥ずかしそうに頬を染める姿は凶悪《きょうあく》に可愛かった。

「伊勢崎……お前、苦労するぞ」

「分かっていますよ、十分すぎるほどに」

伊勢崎がため息を吐《つ》く。

舞桜の外見は王子様然としていて決して女性的ではないが、こういう恰好をすると妙《みょう》に色気が出ることを知った。

「髪を巻いたのか？」

いつもと違《ちが》ってふわっとしている髪は、今井のクラスメイトの女子がやってくれたものだ。佐知も同じように巻いてもらっているが、伊勢崎は舞桜の髪にだけ気づいたらしい。

何となく面白くない気持ちで唇を尖らせていると、呆然《ぼうぜん》とした顔で今井が教室に入ってくる。

「もらった……文化祭の話題賞は俺らがもらった……」

「おい、今井大丈夫《だいじょうぶ》か？」

気でも触《ふ》れたかと声をかけると、今井ががばっと佐知の肩を掴《つか》……もうとしたところで伊勢崎に首根っこを摑まれた。

「死にたくないならやめておけ」

「あ、す、すみませんっ、気持ちが高揚《こうよう》しすぎて……っ」

「何があったんだよ」

「若が……若が……っ」

「賢吾？」

「おう。何だ、俺が最後か」

賢吾の声に振《ふ》り返る。

「やけに遅か——」

声が途切《とぎ》れたのは、一瞬《いっしゅん》そこにいるのが誰か分からなかったからだ。

「え？　お前、ほんとに賢吾？」

「俺じゃなかったら誰なんだよ」

「うっそ……ほんとに賢吾？」

恐《おそ》ろしい。人間って、髪型《かみがた》を変えるだけでこんなに変わってしまうものなのか？前髪を下ろした形でセットし直された髪と、きつい目元を和《やわ》らげる効果を狙《ねら》ったのか、銀縁《ぎんぶち》のメガネ。賢吾の顔の中で、変わったのはこの二つだけだ。そのはずなのに、驚《おどろ》くほど普段《ふだん》の剣呑《けんのん》さが消えている。

「詐欺《さぎ》だ……」

何だか賢吾がものすごく忠実な執事《しつじ》みたいに見える。傲岸不遜で、他人に従うなんてあり得ない性格のくせに。

「うわあ！　ぱぱかっこいいね！」

最後に、史と碧斗が教室に戻《もど》ってくる。二人とも、子供用のスーツに蝶《ちょう》ネクタイ姿で可愛らしく、普段の佐知なら飛びついてすりすりしたくなるぐらいなのだが、如何《いかん》せん今は、まだ目の前にいる男の衝撃《しょうげき》から立ち直れていない。

呆然としている佐知に、賢吾がくすっと笑って耳元に唇を寄せた。

「何で俺がこんな恰好をしなくちゃいけねえんだと思ってたが、そんなに喜んでもらえるとはな。……どんなご命令もお聞きしますよ？　ご主人様」

「どんな命令も……？」

夜の空気を感じさせる声色《こわいろ》で囁《ささや》かれ、一瞬で色々な妄想《もうそう》が頭の中を駆《か》け巡《めぐ》る。は、いかんいかん。昼間から何を考えているんだ、俺は。

「よ、よし！　全員揃《そろ》ったところで頑張《がんば》るぞ！」

ぱんぱん！　と両手で自分の頰《ほお》に気合いを入れ、妄想を振り払《はら》って皆《みんな》に視線を向けた。

本当はこんなことをしている場合ではないのだが、困っている今井を放《ほう》ってはおけない。とにかくまずは、すでに列ができ始めている客を捌《さば》くことからだ。

頑張るぞ！

……と、意気込んだところまではよかったのだが。

「こちらのお客様、二名様です！」

「はい！」

おかしい。

「三番テーブルのオーダーできました！」

「はい！」

絶対におかしい。

忙《いそが》しく立ち働きながら、佐知の焦《あせ》りがどんどん大きくなる。とにかくピークの時間を捌き切れば後は何とかなるはずだと思ったのに、いつまで経《た》ってもピークが終わらない。終わらないどころか、どんどん客が増えてきている気すらする。元々のシフト人数よりも多いはずなのに、この人数で何とかギリギリ回している状態なのは何故《なぜ》だ。

このままでは、いつまで経っても九条を捜《さが》しに行けない。

「ええっと、なんめいさまですかあ」

「もうしばらくまってて！　です！」

入口では史と碧斗が接客をしていて、女生徒達に「可愛い！」と囲まれていた。

「お帰りなさいませ、お嬢様《じょうさま》。何か、お飲みになりますか？」

すぐ隣《となり》のテーブルに視線を向けると、舞桜の王子様スマイルを真正面で浴びた女生徒が顔を真っ赤にしていた。

「苺《いちご》パフェと紅茶をお持ちいたしました」

その隣のテーブルでは、にこりとも笑わない伊勢崎が粛々《しゅくしゅく》と働いている。愛想《あいそ》の欠片《かけら》もない態度だが、席についている客は耳まで赤くして伊勢崎に見惚《みほ》れていた。

そして、その向こうでは――

「注文は？」

客の機嫌《きげん》を取る気など皆無《かいむ》な、執事《しつじ》喫茶《きっさ》というコンセプトすら無視した無愛想な男と、ただただそれに見惚れている女性達。本来シフトに入っているホスト目当てで来たらしい女性達を、軒並《のきな》み賢吾が虜《とりこ》にしてしまっていた。

「ムカつく」

賢吾が視界に入ると、どうしても佐知の動きが止まる。だから見ないようにしようとしても、嫌《いや》でもまた目に入って足が止まる。それをさっきから何度も繰《く》り返してはムカついていた。

本日のご指名ナンバーワンは、何と賢吾である。さっきからひっきりなしに女性から指名が続く。はっきり言ってものすごく不愉快《ふゆかい》だ。誰《だれ》だ、あいつにこんなことをやらせたのは。……俺か。

「すみません」

「は、はい！」

奥のテーブルのほうから男性の声がかかり、佐知は慌《あわ》ててメニュー表を持って近づいた。

「お帰りなさいませ、ご主人様。よろしければ、何かお持ちいたします」

そう言いながらメニュー表を手渡《てわた》した佐知は、ようやくその客が誰か気づいて頬を引きつらせる。

「可愛《かわい》いね、雨宮」

「月島……」

できれば見られたくなかった。がっくり項垂《うなだ》れる佐知とは違い、月島は本当に楽しそうに笑った。

「面白《おもしろ》いことをしていたんだね。もっと早くに教えてくれればよかったのに」

「ご、ごめん……っ、こんなことをしてる場合じゃないって分かってるんだけど、色々あって放っておけなくて」

「いや、さっき後ろを見たら九条も並んでいたから、ちょうどよかったんじゃないかな」

「え、そうなの？」

「九条は文化祭の模擬《もぎ》店の審査《しんさ》員の一人だからね」

「そうなんだ。じゃあここで待ってれば——」

「おい、さっさと注文しろ」

背後から不機嫌《ふきげん》な声を出したのは賢吾だ。いつの間にそばにいたんだろう。

「やあ東雲、とても愉快な恰好《かっこう》だね」

「うるせえ。さっさと注文してさっさと食ってさっさと帰れ」

「こら、賢吾」

テーブル席の女性達の視線を感じる。大きな声を出すなと肘《ひじ》で脇腹《わきばら》を突《つつ》けば、賢吾はむっとした顔で黙《だま》った。

「ごめんな、月島。でも確かに今混《こ》んでるから、先に注文を聞いてもいいかな？」

「分かった。でも、ここは執事喫茶じゃなかった？　せっかくだからちゃんと設定を守ってもらいたいな」

「あ、申し訳ありません、ご主人様。今すぐに何かお飲み物を——」

「そっちの執事は、聞いてくれないのかな？」

見える。見えるぞ。俺には賢吾の額にでっかい怒《いか》りマークが。

「賢吾、絶対怒《おこ》るなよ？　せっかく今井が頑張ってるのに台無しになるぞ？」

「……ご主人、様……お飲み物は、何になさいますか？」

地の底を這《は》うような低音ではあったが、何とか絞《しぼ》り出した賢吾の声に月島はにっこり笑う。

「ありがとう。注文はこちらの執事にお願いするよ。指名できるんだよね？」

「断る」

「だからお前が断るなって」

むっとする賢吾をしっしと追いやる。近づけば喧嘩《けんか》をするのだから、離《はな》しておくに限る。

「はは、からかいすぎたかな」

「あんまりいじめないでやってくれよ」

どうして月島が賢吾に突《つ》っかかるのか、実は何となく気づいている。本来は自分と似ているはずの賢吾が、自分とは違《ちが》って大事なものを見つけて楽しく暮らしていることがちょっと悔《くや》しいのだろう。

それが分かっているから尚更《なおさら》、九条と月島の関係が、平和的に前進するといいなと佐知は思う。何とか、その協力をしたい。

月島からの注文を受け、調理担当の子達がいるカウンターへ向かう。

「はい、二番テーブルのオーダーできました！」

「ありがとう」

受け取ったコーヒーカップをトレイに載《の》せ、続けてケーキの皿を取ろうとしたところで佐知は手を滑《すべ》らせてしまう。やばい。

「おっと」

今にも落ちるところだった皿を、賢吾の大きな手が下から支えてくれた。お陰《かげ》で大惨事《だいさんじ》にならずに済んで、佐知はほっと胸を撫《な》で下ろす。

「サンキュ」

「おう」

ケーキの皿を受け取ると、賢吾の手が今の拍子《ひょうし》に崩《くず》れた佐知の前髪《まえがみ》を横に払ってくれた。

「怪我《けが》はすんなよ」

「はーい」

まだ月島に対するむかむかは収まっていないだろうに、こうしてその場は切り替《か》えて接してくれる賢吾は大人だなと思う。……まあ、きっとまた後でねちねちと言われるには違いないのだけど。

「賢吾、ありがとな」

「礼ならキスがいい」

「ばーか」

唇《くちびる》を尖《とが》らせる賢吾を笑って躱《かわ》し、月島のテーブルに向かう佐知は、他《ほか》のテーブルの女生徒達が両手で口を押さえて悲鳴を我慢《がまん》しているのに気づいていなかった。

「めちゃくちゃ無愛想な美形が、好きな子の前でだけ可愛くなっちゃうのってどんな少女漫《まん》画《が》？」

「やだあの笑顔《えがお》こっちにも欲しいいやむしろ欲しくない彼にだけずっと笑いかけてて欲しいわご馳走《ちそうさま》様です」

「ていうか、本当に彼でいいのかな？　女性には見えないけど、美しすぎて性別というものを超越《ちょうえつ》した別の存在に見えるわ」

「あたしにもいい出会いがあるように、ちょっと拝んどこうかな」

女生徒達の呟《つぶや》きにも気づくことなく、佐知は月島のもとに辿《たど》り着く。

「ご主人様、お待たせいたしました」

「ありがとう。ちょうど九条が来たよ」

「え？」

月島の言葉に入口を見ると、入ってきた九条がきょろきょろとしているところだった。

「ご指名はございますか？」

舞桜に先を越《こ》されてしまった。これでここで話すチャンスを無くしてしまったかと思ったが、舞桜の言葉を聞いて、九条は囁《ささや》くような声と共に指を差した。

「あの……あ、あの人を」

指を差されたのは佐知だった。まさか九条のほうから指名してくれるとは思わなかったが、話す機会を窺《うかが》う手間が省けたと、佐知は笑顔と共に舞桜からバトンタッチを受ける。

「お帰りなさいませ、ご主人様。よろしければ、何かお持ちいたしましょうか？」

メニュー表を手渡すと、九条は顔を隠《かく》すようにしてメニュー表を開いた。

「えっと……ほ、ホットミルクティーを」

「かしこまりました。すぐにご用意いたします」

先に注文を通して、持ってきた時に話をしよう。そう思って背を向けかけた佐知を九条が呼び止める。

「あ、あの！」

「はい」

「ぼ、僕のことを覚えていらっしゃいますか？」

「はい、もちろん。先日は学校見学をさせていただいて、ありがとうございます」

「いえ、こちらこそ。あの……変なところを見せてしまったみたいで、すみません」

「俺のほうこそ、二人の問題に口を挟《はさ》んでしまったみたいで、申し訳なかったです」

「えっと、今日は月島に頼《たの》まれて……？」

「あ、いえいえ、そうではなくて、このクラスに通っている身内に頼まれたんですよ。部外者なのに、出しゃばってしまってすみません」

「いえ……そうですか。てっきり、僕は……」

「……？」

ぼそぼそとした言葉が聞き取れなくて、九条に顔を近づける。そうすると九条がぐっと顎《あご》を引いた。

「あ、すみません」

距離感《きょりかん》が摑《つか》めず、思ったよりも近づきすぎていたらしい。佐知が慌《あわ》てて離れると、九条はメガネを押し上げて「い、いえ」と言った。

「あまりにも造作が整っていて……その……僕のほうこそすみません」

「え？」

喫茶店《きっさてん》内が騒《さわ》がしいためか、ぼそぼそと話す九条の声は聞き取り辛《づら》い。前半を聞き損《そこ》ねて聞き直そうとしたが、九条は「何でもありません」とふるふると首を振《ふ》って、それから意を決した顔で佐知を見上げた。

「……雨宮さんは、月島と仲がよろしいんですよね？」

「まあ、そうですね。でも、九条さんほどではないと思いますよ？」

「……雨宮さんと一緒《いっしょ》にいる時の月島は、すごく楽しそうに見えますが」

「九条さんと話をしている時も、楽しそうに見えますよ？」

「………」

思いつめた表情に、どう会話を続けようか戸惑《とまど》う。月島と九条の関係がよいものになればと思うが、九条の気持ちが一番大事なことだ。九条自身が望んでいないことを強要することはできない。だけど、こんなに人の多い場所で九条が心を開いて話してくれるとも思えなかった。

できれば、ほんの少しでもいいから二人きりで話す約束を取り付けたい。何とかそう切り出そうと決めたが、先に口を開いたのは九条のほうだった。

「あの……できれば、この後少しお話しできないですか？」

「喜んで!!」

しまった。願ったり叶《かな》ったりすぎて、つい声が大きくなった。びっくりした周囲の視線が自分に集中しているのに気づいて、こほんと咳払《せきばら》いする。

「おい、急に大声出してどうしたんだ。居酒屋じゃねえんだぞ」

執事《しつじ》喫茶《きつさ》のコンセプトを完全に無視している賢吾に説教をされるのは何となくムカつくが、周囲を驚《おどろ》かせたことには間違《まちが》いないので、とりあえず「ごめん」と謝っておく。

そうしておけば賢吾はすぐ離れていくかなと思ったのだが、ここぞとばかりにお小言が続いた。

「席も埋《う》まってんのに、いつまでも月島をあそこに座らせとくなよ。あんなやつとっとと追い出せ。回転が悪くなるだろうが」

多分に私怨《しえん》を含《ふく》んだ言葉である。

せっかく九条との約束を取り付けられそうなのだ。今はちょっと放《ほう》っておいて欲しい。空気を読めよと、佐知は何とか賢吾を追いやろうとしたが、それに九条が待ったをかけた。

「あの、こちらの方も月島の……？」

「わ、分かったから」

「月島？」

月島、という名前を聞いただけなのに、こんなに気の弱そうな人にガンを飛ばすのはやめて欲しい。思わず持っていたトレイでばしんと賢吾の頭を叩《たた》く。

「気にしないでくださいね。こいつの目つきが悪いのは生まれつきなので」

「いってえなあ、何だよ」

「何だよはこっちの台詞《せりふ》だよ。誰彼《だれかれ》構わず睨《にら》むんじゃない」

「誰彼構わずじゃねえよ、こいつが月島っつったから――」

「こちらは、この学校の理事長代理の方だ」

「え？　理事長代理？　いや、どう見たってガキ……ってえっ!!」

にっこり笑いながら賢吾の足を踏《ふ》んで、佐知はそれ以上の無礼を防いだ。

「本当にすみません、九条さん。この男も月島とは中学時代からの友達なんですよ」

「はあ？　俺があいつと友達なんて——」

「賢吾君、他のご主人様が呼んでるよ？」

にっこり笑ってぐりぐりと足を踏んで、また黙《だま》らせる。

「月島の友達……」

九条はじっと賢吾を見て、それから佐知を見た。そして意を決した顔で言った。

「あの、じゃあその方もご一緒に、後で話を聞いてもらえますか？」

「え？　いや、こいつは——」

「かしこまりました、ご主人様」

さっきまでの横柄《おうへい》な態度はどこへ行ったのか、というぐらい、賢吾が仰々《ぎょうぎょう》しい仕草で頭を下げた。それはまさに執事のように。それから佐知のほうを見てふっと笑う。

それを見た女性達から、ほうっとときめきを吐《は》き出したような吐息《といき》が一斉《いっせい》に零《こぼ》れた。

「喜んで伺《うかが》わせていただきます」

話の流れも分かっていないくせに、佐知の内緒《ないしょ》ごとに首を突《つ》っ込むチャンスだと気づいたのだろう。本当にこういうところは抜《ぬ》かりない男だ。

女性達の視線が集まっているのを感じる。見るな、と叫《さけ》び出したくなったが、根性《こんじょう》で我慢《がまん》した。そういう顔は、俺にだけ見せていればいいのだ。こんなところで安売りしやがって、と腹を立てる。……いや、別にヤキモチなんか焼いてないし。ただ、賢吾がにやにやしてるのがムカつくだけだし。

何はともあれ、言質《げんち》を取った以上、賢吾は絶対についてくるだろう。参ったなあと思ったが、とりあえずは九条の話を聞こうと決める。その上で、改めて二人で話せるように上手《うま》く持っていけたらいいのだが。


「……で、何でこうなったの？」

理事長室への道のりを九条と歩きながら、佐知は周囲を見回して首を傾《かし》げる。

「え？ さちどうしたの？」

「いや、別に……」

ようやく執事喫茶の人員の交代時間が来て、これで九条と話ができる、と思ったのだが、今は何故《なぜ》か、賢吾だけでなく、伊勢崎や舞桜、史に碧斗、おまけに月島まで含めた全員で廊下《ろうか》を歩いていた。

もちろん、最初はこんなはずではなかったのだが、立ち去る賢吾と佐知を見た史が『ぼくもいっしょにいく！』と駄々《だだ》を捏《こ》ねだし、『ふみがいくならおれもいく！』と碧斗が駄々を捏ねだし、止めてくれるかと思った伊勢崎までが『じゃあ、俺も行きましょう』と何故か言い出し、止《とど》めに月島が『じゃあ、俺も行こうかな』と言い出した。唯一《ゆいいつ》空気を読める子だった舞桜は、苦笑《くしょう》しながら皆《みんな》の後ろを歩いている。

「えっと……九条さん、何か、すみません」

「え、いや、あの……もうどうせなら、多数決でも取ってもらったほうがありがたい、ので……

…」

「え？」

「とりあえず、どうぞ」

問いかける前に、理事長室に辿《たど》り着いてしまう。促《うなが》されて全員で入る。広い空間には事務作業をするための大きなデスクと、来客用の応接セットがあった。

「給湯器が職員室にしかないので……」

全員がソファーに座るのを待って、九条が右横の扉《とびら》の向こうに去っていく。どうやらすぐ隣《となり》は職員室らしい。

「何でついてきちゃったんだよ」

すぐ隣で涼《すず》しい顔で座っている月島に小声で尋《たず》ねると、月島は佐知の肩越《かたご》しに賢吾を見て笑う。

「皆が行くなら、俺も行きたいじゃないか」

「でも、ここに月島が来ちゃったら――」

さっきの九条の口ぶりから察するに、九条は佐知達に月島のことを説得させたいんじゃないかと思う。この場にその本人がいたら、それこそ今ここで説得してくれと言われるだけじゃないか。

「どうせ、イギリスに帰れって説得して欲しいと頼《たの》むつもりなんだよ。だったらその場で帰らないって言ったほうが話が早いかなあと思ってね」

「ちんたらしてねえで、とっとと押し倒《たお》してものにしちまえよ」

「おいっ、お前何言ってんだ！」

子供がいるんだぞ、と憤《いきどお》ってから佐知ははっと我に返る。くすくすと笑ったのは月島だった。

「何だ、もうバレたのかい？」

「くだらねえことに佐知を巻き込みやがって。お前、佐知の性格を分かった上で、わざとやっただろうが。そんなに俺が嫌《きら》いかよ」

「ちょ、ちょっと賢吾……っ」

「そうなんだよね。俺にしては珍《めずら》しいことに、東雲のことは少しだけ嫌いだなあと思ってしまうんだよね」

「つ、月島？」

二人に挟《はさ》まれて佐知があわあわしていると、正面で知らん顔をしていた伊勢崎が、「そんなことより」と言った。

「何だか隣の部屋の様子がおかしいようですが」

「え？」

伊勢崎に言われて、全員が耳を澄《す》ます。

『……つもりでは……っ、……とにかく……！』

『――じゃねえかっ！』

九条だけでなく、他《ほか》の誰《だれ》かの怒鳴《どな》り声が聞こえてくる。月島が真っ先に立って扉を開けようとしたが、それを賢吾と伊勢崎が止めた。

しっ、と口元に手を当てた賢吾が扉に耳を当てて、それから伊勢崎と目を合わせる。頷《うなず》いた伊勢崎が、少しだけ扉を開けた。近づいてその隙間《すきま》から職員室を覗《のぞ》くと、そこにいたのは九条と数人の若者だった。

「まず土下座しろよ」

「一旦《いったん》落ち着こう、田中。こんなことをしたって君のためには――」

「うるせえ！　とっとと土下座しろよ！」

派手な髪《かみ》色の彼らは、見るからにガラの悪そうな集団で、おまけにそれぞれバットや木刀などの武器を手にしている。

「何だ、あいつら」

「年齢《ねんれい》はまだ若いですね」

「……九条が理事長代理になってから退学になった子達だね。ほら雨宮、この間、怒鳴りこんできた女性がいたでしょう？　九条の正面にいるのが、彼女の息子《むすこ》だ」

「え？　あの時の？」

とてつもない剣幕《けんまく》で九条に食って掛《か》かっていた女性を思い出す。息子が退学になったから、怒鳴りこんできていたのか。

「この学校は一時期荒《あ》れてしまっていてね。九条が理事長代理を引き受けたタイミングで、スポーツに力を入れることになって、所謂《いわゆる》問題児と言われる子達を退学にしたんだ。九条は最後まで反対していたようだけれど、彼らは校内での喫煙《きつえん》やら近隣《きんりん》での万引きやらの常習犯だったから、まあ、身から出た錆《さび》、というやつだね」

「もしかして、逆恨《さかうら》み？」

佐知の疑問に答えることなく、月島は続けた。

「五人ぐらいなら、上手く消せるかな？」

何だか物騒《ぶっそう》なことを呟《つぶや》く月島の肩を、賢吾がぽんと叩《たた》く。

「ここは俺達に任せとけよ」

「勝手に頭数に含《ふく》めるのはやめてもらえますか？」

言葉とは裏腹に、伊勢崎はネクタイを少しだけ緩《ゆる》め、「持っていてくれ」と舞桜にメガネを預けた。

「足を引っ張るなよ？」

「若のほうこそ」

どことなく楽しげだ。血の気が多くて困るなと呆《あき》れながら、佐知は史と碧斗に「見ちゃ駄目《だめ》だぞ」と言って、二人を方向転換《てんかん》させる。

「えー、ぼくもみたい」

「おれもー」

「駄目ったら駄目。ちゃんと目を瞑《つぶ》って耳を塞《ふさ》いでなさい」

「……はーい」

文句を言う子供達を舞桜と二人で捕《つか》まえて、扉の陰《かげ》に待機する。

「おいおい、楽しそうなことをしてるじゃねえか。俺も交ぜてくれよ」

さっそうと出ていった賢吾と伊勢崎を見て、若者達は少したじろいだようだった。まさか理事長室からこんないかつい男が二人も出てくるなんて、想定外だったに違《ちが》いない。

「な、何だよ、お前ら！」

「人に名前を聞く時は自分から名乗るって、父ちゃん母ちゃんに教わらなかったのか？」

「ガキ扱《あつか》いするな！」

「ガキ扱いされて怒《おこ》るのはガキだけですよ？　漏《も》らさないようにちゃんとオムツはしていますか？　俺はおもらしの後始末をするつもりはありませんよ」

人を怒らせたら日本一だな、あいつ。

嬉々《きき》として若者達を煽《あお》る伊勢崎に、佐知は改めてなるべく怒らせないでおこうと心に誓《ちか》う。

「ば、馬鹿《ばか》にしやがって！　お、俺らのバックにはやくざがついてんだからな！」

おそらく、彼らにとっては何より相手をビビらせる脅《おど》しの言葉だったのだろうが、何しろ相手が悪かった。その点に関しては同情する。

彼らもまさか、脅した相手がそのやくざの頂点にいる組織の人間だとは、思いもしなかったはずだから。

「どこのだ」

「え？」

「お前らみたいなガキのバックにつくような馬鹿な組はどこだって言ってんだよ。もしうちの組の傘下《さんか》だったらお灸《きゅう》をすえてやらねえとなあ」

「え……」

嗜虐《しぎゃく》的に歪《ゆが》んでいた若者達の顔に困惑《こんわく》が浮《う》かぶ。やくざという名を出した時点で、自分達が絶対的強者の立場に立ったはずだったのだ。そんな風に問い返される想定はしなかったのかもしれない。

「組の名前が分からねえなら個人の名前でもいいぞ。おい伊勢崎、お前ならすぐに見つけられるだろう？」

「うちの組に係《かか》わる者なら、名前だけなら全員覚えています。敵対組織も、調べられる範囲《はんい》は

全《すべ》て調べてありますね。末端《まったん》のチンピラまではちょっと分かりかねますが、その時は片っ端《ぱし》から丁寧《ていねい》に聞いて差し上げますよ？」

「うちの組って……おい、こいつらホンモノじゃ……」

彼らにとっての不運は、賢吾がいつもの賢吾ではなかったことだ。メガネは返却《へんきゃく》したものの、髪は下ろしたままだから、普段《ふだん》の極道《ごくどう》然とした賢吾とは少し違っていて、ぱっと見ただけでは賢吾がやくざであるということまでは見抜《みぬ》けなかったかもしれない。だがそれにしたって、間《ま》違《ちが》っても賢吾が弱そうな男に見えることはない訳で、相手を見極《みきわ》めることができなかった若者達にはご愁傷様《しゅうしょうさま》ですとしか言いようがない。

「おやおや、さっきまでの威勢《いせい》はどこへ行ったんですか？　まさかこのまま尻尾《しっぽ》を巻いて逃《に》げ出すんじゃないでしょうね。こっちはここのところずっと若の不機嫌《ふきげん》に付き合わされてストレスが溜《た》まっているんです。発散させてもらう気満々なんですが」

加えて、その隣《となり》にいる一見暴力とは無縁《むえん》そうな男は、意外に好戦的なタイプである。程度は心得ているだろうが、決して優《やさ》しくはしてくれないだろう。

「私情が入りまくってますね」

舞桜が苦笑《くしょう》しながら小さな声で言った。

「あ、あんたらには関係ないだろ！　俺らはこいつに用があるんだよ！」

「そいつに用があるのは俺達が先だ。ガキはとっとと帰って母ちゃんの乳でも吸って寝《ね》てろ」

「何だと！」

若者達が色めき立つ。若い時というのは、よくも悪くも自分を過信しがちだ。後先考えずに行動するととんでもないことになるという見本のような状況《じょうきょう》なのに、若者達は勇気ある撤退《てったい》ではなくバットを握《にぎ》りしめて闘《たたか》うことを選んでしまった。

「ほう。気概《きがい》だけは立派じゃねえか」

「うるさいっ！」

田中が賢吾に向かってバットを振《ふ》りかぶる。それを合図に、全員が一斉《いっせい》に動き出した。……当然、賢吾と伊勢崎も。

「遅《おそ》い」

すんなりとバットを避《よ》けた賢吾の拳《こぶし》が、田中の腹にめり込む。そうしている間にも伊勢崎が別の若者を片手でひっくり返し、もう片方の手で違う若者の腕《うで》を捻《ひね》り上げた。

「放せ！」

仲間を助けようとした別の若者が伊勢崎に飛び掛かるが、その首根っこを賢吾が掴《つか》む。そのまま重さを感じないかのように後ろに放《ほう》り捨て、落ちていたバットを拾って肩に担《かつ》ぎ、にやっと笑った。

「おいおい、準備運動にもならねえぞ？」

「畜生《ちくしょう》……っ」

飛び掛かろうとした若者の首に、伊勢崎がとんと手刀を当てる。武道を嗜《たしな》む男達は、あっという間にその場にいる若者達を全員気絶させた。

制圧までわずか一分。二人は息すら乱していなかった。

「九条さん、大丈夫《だいじょうぶ》ですか？」

佐知と月島が、その場に頽《くずお》れた九条に駆《か》け寄る。

「あ、あ……大丈夫、です……」

そう言う九条の手は震《ふる》えていた。とても大丈夫そうには見えない。

「こんな時まで強がりを言わないで」

九条の目の前にしゃがみこんだ月島が、その手を両手で包み込んだ。

「すぐ隣に俺達がいることは分かっていたはずだよね？　どうして助けを呼ぼうと思わなかったの？」

「これは、僕の問題で……巻き込む訳には……」

はあ。月島が大きくため息を吐《つ》くと、九条の肩がびくりと震える。それを宥《なだ》めるように月島の両手が九条の肩《かた》に置かれた。

「九条が傷つくと思ったから今まで言わなかったけれど、君一人では力不足だよ？」

「……っ」

九条が、月島の言葉に傷ついた顔をする。佐知には、九条の気持ちが痛いほどよく分かった。

きっと月島にだけは言われたくなかったはずだ。だが世の中には、一人で頑張《がんば》るだけではどうにもならないことが確かにある。

「九条には経営者として絶対的に足りないものがある」

「わ、分かってる……僕にそんな資質も才能もないことぐらいっ……でも、でも僕は……っ」

「違うよ、九条。君に足りないのは資質でも才能でもない。……誰《だれ》かを頼《たよ》ることだよ」

「…………」

九条の唇《くちびる》が歪む。

「経営者だからって全部自分でやらなければならない訳じゃない。できないことは誰かに任せるんだ。たとえば、俺とか？」

「だ、だって月島はイギリスに帰らなくちゃ――」

「帰らない」

「駄目だよ」

「帰らないよ」

「駄目だって。君はもっと世界のために――」

「世界なんてどうでもいいんだよ、九条。俺には君が世界なんかよりずっと大事なんだから」

あの、何にも興味がなかった男が、今必死に愛を手に入れようと頑張っている。そのことに何だか胸がきゅっとなった。

だが、その時。

「ぜ、全部お前のせいだっ！」

気絶していたはずの田中が立ち上がり、突然《とつぜん》バットを振り上げた。

「九条！」

九条の頭上目掛《めが》けてバットが振り下ろされる。それに気づいた月島が、九条を庇《かば》って前に出るのが、まるでスローモーションのように見えた。

「ぐ……っ」

月島の頭にバットが当たるのと、伊勢崎と賢吾が田中に一撃《いちげき》を加えるのは、ほとんど同時で。頽れる田中と同じように、月島もがくりと膝《ひざ》をつく。ぽたりと床《ゆか》に血が落ちて、佐知は反射的に血を止めようと月島に近寄ろうとしたが、それを賢吾の手が止めた。

「おいっ、何で邪魔《じゃま》を——」

賢吾が唇に指を当てる。そうして佐知を黙《だま》らせて、月島のほうに視線を向けた。

「死にかけてでも聞きたい言葉ってのがあるだろ？」

九条の涙《なみだ》が視界に入るのと同時に、賢吾の囁《ささや》きが聞こえた。

「馬鹿《ばか》！　どうして真正面から殴《なぐ》らせてるんだよ！」

「一応教師だから、元とはいえ、生徒を殴る訳にはいかないかなと思ってね。それに、俺は頭脳労働専門で、躱《かわ》すのはあまり得意じゃないんだ」

「どうして……っ、どうして僕なんかのためにここまで……っ」

「なんか、なんて言わないで。俺にとっての君は……困ったな、ちょうどいい言葉が思いつかない。俺はこれまで大事なものがあったことがないから、比較《ひかく》対象を持ち合わせていないんだ」

「…………」

「九条は、大丈夫？」

「僕は大丈夫、だけどっ、月島の頭が……っ」

恐慌《きょうこう》状態の九条が、月島の頭から流れる血で濡《ぬ》れた自分の手を見てぼろぼろと涙を流す。

「し、死んじゃ駄目《だめ》だよ月島、ぼく、僕……っ」

「一旦《いったん》ストップ！　とにかく血を止めるぞ！」

限界だ。空気を読めない男になるのは嫌《いや》だったが、医者としてこれ以上放ってはおけない。このまま血をだらだら流し続けたら、出血多量になりかねない。

「舞桜！　綺麗《きれい》な布がないか探して！」

「はい！……あ、救急箱がありました！」

舞桜が持ってきた救急箱の中からガーゼを見つけ、月島の頭の出血を止めるための処置をする。

「お前、空気を読んでやれよ」

賢吾にだけは言われたくない台詞《せりふ》だが、今はそれどころではない。

「そんなもん読んでて出血多量になったらどうするんだよ。頭は血が出やすいんだぞ」

頭部からの出血を見ると、どうしても賢吾の時のことを思い出してしまう。ガーゼで傷口を押さえる自分の手が少しだけ震えていた。

「落ち着け、大丈夫だ。伊勢崎が救急車を呼んだから、もうすぐ来る」

背中から、覆《おお》いかぶさるように賢吾が抱《だ》きしめてくる。その温《ぬく》もりにほっとして、手の震えが止まった。

大丈夫。傷口を見たところ、出血のわりに怪我《けが》は大したことがなかった。月島は、どうやら衝撃《しょうげき》を上手《うま》く逃《に》がしたらしい。骨が折れている様子もないし、これなら数針縫《ぬ》うだけで済むはずだ。

「雨宮、ありがとう。君がいてくれて心強いよ」

「おい、俺の前で佐知を口説くんじゃねえ。お前は黙って治療《ちりょう》されとけよ」

佐知の肩越《かたご》しに、賢吾が月島に吐き捨てる。

「こんな時に何言ってんだよ、馬鹿っ」

「こんな時でもどんな時でも、お前の一番は俺じゃなきゃやだね」

子供みたいなことを言うくせに、賢吾の手は佐知の処置を手伝って、新しいガーゼを出してくれたりするのだ。

「あ、あの、もしかしてお二人は……？」

「ん？　ああ、俺は佐知のつがいだ。佐知が世話になって……るのか？」

最後の問いかけは佐知に向けられていたが、九条はぶんぶんと首を振《ふ》った。

「僕が一方的に……っ」

「一方的に？　月島の恋人《こいびと》だとか思った訳じゃねえよな？」

そういう話の流れではなかったはずなのに、無理やりに話をそっちに持っていったのはおそらくわざとだろう。

「え？　あ、いや、その……」

「こいつの恋人は俺。これから先もずっとな」

「……あの、ものすごく堂々と、されてるんですね」

九条の視線が佐知と賢吾の指輪に向いたことに気づく。隠《かく》すつもりもないので、佐知は「あこれ？」と笑った。

「賢吾とずっと生きていくってことは、俺にとっては隠すようなことじゃないから」

「男同士、なのに？」

「まあ、そりゃあ、嫌な顔をされたりすることもあるけど、そういう世間体《せけんてい》のために生きてる訳じゃないからさ。考えが合わない人がいるのって当然のことだし。世の中の人全員と分かり合うのはそもそも無理だしなあ」

「佐知はうじうじ考えるわりに、ここぞという時はやたら思い切りがいいからな」

「向こう見ずなだけなんじゃないですか？」

救急車の手配を終えた伊勢崎が、スマホを内ポケットに戻《もど》しながら冷ややかに言う。

「伊勢崎、しゃべったと思ったらひどいこと言うのやめてくれる？」

「でも……本当はもっとすごいところにいられるはずの相手を、自分なんかのそばに引き留めるなんて、そんなの我が儘《まま》じゃないですか」

我が儘、か。佐知は過去の自分を思い出す。

佐知は逆だった。極道《ごくどう》の世界に飛び込んでいこうとする賢吾を、自分のそばに引き留めていたかった。そうすることができなくて、賢吾が自分より極道の世界を取ったことが悔《くや》しくて、何年も賢吾を遠ざけてしまった。

過去の佐知と今の九条は、ある意味でとても似ている。自分の気持ちに嘘《うそ》を吐《つ》いて、相手を遠ざけようとする。過去の佐知も、自分の気持ちしか考える余裕《よゆう》がなかった。遠ざけられる賢吾の気持ちなんて、考えたこともなかった。

「我が儘で何が悪《わり》ぃんだよ。別にすごいところじゃなくても、そんな場所のことなんか忘れちまうぐらい、幸せにしちまえばいいじゃねぇか」

賢吾の言葉に、九条がきょとんとした顔をした。

「忘れるぐらい……幸せに？」

「俺は、稼業《かぎょう》が極道でな、本来ならこいつのそばに俺みたいなのがいないほうがいいってのは分かってるが、どうしてもこいつを諦《あきら》めることはできねえんだよ。だったら、他《ほか》のどこにいるよりも幸せにしちまえばいいって気づいてな」

ふふ、と思わず笑《え》みが零《こぼ》れる。そう。これが賢吾だ。こういう賢吾だから、佐知は今こうして幸せでいられる。

「幸せ、なんですか？」

九条の視線が佐知に向いた。佐知は賢吾をおぶったままでにっと笑う。

「どう見える？」

佐知が今、幸せかどうかなんて、見ただけで分かるはずだ。

口喧嘩《くちげんか》している時、賢吾がむっと唇《くちびる》を尖《とが》らせるのを見ているだけで幸せだ。史と遊んでいる賢吾が、声を上げて笑う瞬間《しゅんかん》を見ているのが幸せだ。

佐知が酔《よ》っぱらって寝《ね》ちゃった時に、『しょうがねえなあ』と呆《あき》れた声を出しながら、抱き上げて寝室《しんしつ》まで連れていってくれて、子守歌《こもりうた》を歌ってくれる時だって幸せだ。

そして今だって、他のどこにいるより、こうして賢吾の温もりに包まれているだけで幸せなのだ。

「…………」

救急車の音が聞こえてくる。もう少しで救急隊が到着《とうちゃく》するはずだ。

「俺達もね、そりゃあ色々あったよ？　十年以上喧嘩してて、お互《たが》いの気持ちを確認《かくにん》したのって最近の話だし」

「じゅ、十年……？」

「まあ、その十年があったから今の俺達がいるとは思ってるけど、十年って、意地を張るには結構長いよ？　この年齢《ねんれい》からだと特に、ね。意地を張るより、一緒《いっしょ》に頑張《がんば》る十年にしたほうが楽しいと思う」

「年季の入った意地っ張りが言うと、説得力があるな」

後ろを振り向かなくても賢吾がにやにやしているのが声で分かる。肘《ひじ》で鳩尾《みぞおち》をついてやると、ぐっとくぐもった声がした。ざまあみろ。

「俺もね、今の九条さんみたいに、賢吾のことを避《さ》けて避けて避けまくった訳。でもこいつ、それでもずっと俺のそばにいてくれたんだ。……たぶん月島もそうだと思うよ？」

「え？」

「たぶん、九条さんが避けて避けて避けまくっても、そりゃもうしつこくゾンビのように現れると思う。他人に興味がないとか言ってる人間ほど、ハマるタイプを見つけたらすごいよ？」

ちらっと賢吾を振り返る。賢吾は自分のことを言われていると思っていないのか、不思議そうな顔をした。自覚がないのかよ、お前は。

「好きじゃない相手だったら、ほんと怖《こわ》いと思う。だから俺、九条さんが本気で嫌《いや》だったら、頑張って月島を説得する。諦めることができなくても、遠くから見守るのも愛だって説得する。

でももし九条さんにも月島に対する気持ちがあるんなら、十年逃げ回るよりも今受け入れたほうが長く幸せを感じられるっていうのを言っておきたくて」

「長く、幸せを感じられる……」

もっと上手く伝えられたらいいのだが、自分の語彙《ごい》力があまりにもなく歯がゆい。

「あんたが月島をイギリスに帰らせたいのはどうしてだ？」

唐突《とうとつ》に賢吾が問いかけた。

「……月島は天才です。研究室にいれば、たくさんの人の役に立つ研究が……」

「それをやりたいと、月島が一度でも言ったことがあったか？」

「え……？」

「俺は佐知ほど月島のことを知ってる訳じゃねえが」

言葉に棘《とげ》を感じる。まだ拗《す》ねてるのか、おとなげないな。

「そんな俺でも、月島が特に研究なんかに興味がねえってことぐらいは分かるぞ」

「でも、それだけの能力があるのに！」

「能力があったら、自分の人生をそれに捧《ささ》げなけりゃいけないのか？　足が速かったら絶対に陸上選手になるのか？　嘘を吐くのが上手かったら詐欺師《さぎし》か？　誰《だれ》かを殺せる能力があったら人殺し？」

「そ、そんなことは……っ」

「たとえ愛し合ってたとしても、あんたにはそれを決める権利はねえだろ」

「……っ」

「月島の生き方は月島が決める。あんたが決められるのはあんたの生き方だけだ。月島と一緒《に》に生きたいのか、生きたくないのか。ごちゃごちゃと言い訳並べて、決めることから逃げるのは狡《ずり》ぃだろ」

「…………」

賢吾の言葉は、冷たく聞こえるが正しい。誰しも、自分の生き方を決められるのは自分だけだ。たとえ誰かに言われたからそうなったと思っていたとしても、そうじゃない。本当は自分で選んでいることに気づいていないだけなのだ。

「はは……何だか嫌だな、東雲に気持ちを代弁されるなんて」

顔から血の気は引いているものの、そう言った月島は決して嫌そうではなかった。

「別にお前のためじゃねぇよ」

賢吾はふんと鼻を鳴らしたが、月島は「ありがとう」と笑った。

「九条、今すぐ決めてくれなんて言わない。ただ、もっとたくさん話をしよう？　俺と向き合うことから逃げないで欲しい」

そうだ。二人に必要なのは、互いの気持ちを話す時間だ。佐知はずっとそれを避け続け、長い時間を無駄《むだ》にした。もっと早くに賢吾の気持ちを聞いていれば、なんて後悔《こうかい》に意味はないけれど。

「……分かった」

「佐知さん、救急隊が来ました」

舞桜が救急隊を誘導《ゆうどう》してくる。そうしてあっという間に月島は担架《たんか》に乗せられて、そのまま救急隊に運ばれていった。……九条に付き添われて。

「何だか、嬉《うれ》しそうでしたね」

舞桜が首を傾《かし》げ、伊勢崎が呆れ声で言う。

「狙《ねら》い通り、だとでも思っているんじゃないか？　相手の罪悪感につけこむためにわざと殴《なぐ》られるなんて、精神的には若よりもよほど極道だな」

「え⁉」

今、何て言った？　相手の罪悪感につけこむために？　わざと？　殴られる？

「何だお前、気づいてなかったのか」

「ちょちょちょ、ちょっと待って！　え？　月島、わざと殴られたの⁉」

「まあ、俺達としては、ああいう場面があったほうが盛り上がるかな、と思って一人だけ意識を奪《うば》わずにほっといた訳だ」

「はあ⁉」

「恰好よく九条さんを助けて月島さんの株が上がる、というお膳立《ぜんだ》てをしたつもりだったんですがねえ」

「月島は、わざと殴られるほうを選んだ、と」

「いやいやいやいや、嘘《うそ》だろ!?」

だっていくら何でもわざとだなんてそんな……バットで殴られるなんてすっごく痛いんだぞ!?

「あのなあ佐知、あれだけ真正面からバット振《ふ》り上げられたら、さすがにお前でも止められるだろ?」

「……あ」

思い返してみる。確かに、佐知でも何とかできそうな気がした。

「最初の一撃《いちげき》さえ止められれば、人数はこっちのほうが多い訳ですから、わざわざ殴られる必要はなかった、ということなんですね」

舞桜が、ぽんと手を叩《たた》いて言った。

「正解だ。舞桜はさすがだな」

ちょっとそこ、いちゃいちゃしない。こっちはそれどころじゃないんですけど。

「ちょ、ちょっと待てよ。いや、だって月島、結構殊勝《しゅしょう》なこと言ってたじゃん」

「心にもないことをな」

決めつけるのはよくない、と言いたいところだが、わざと殴られたというのが本当なら、月島には、まったく、これっぽっちも、九条の気持ちを尊重する気などないのかもしれない。

佐知が素直《すなお》になれなかった頃《ころ》、死にそうなふりをして佐知を騙《だま》した賢吾を思い出す。こいつら、やっぱり同類だ。根っこが同じだ、畜生《ちくしょう》。

「大丈夫《だいじょうぶ》だ、佐知。俺が思うに、あれは割れ鍋《なべ》に綴《と》じ蓋《ぶた》ってやつだ。きっと上手《うま》くやるさ」

「……ほんとに？」

皆《みんな》で九条を騙して、月島への生贄《いけにえ》にしちゃったことにならない？

「大丈夫大丈夫」

そういう言葉って、繰《く》り返されると胡散臭《うさんくさ》く思えるのって何でだろう？

佐知がうーんと唸《うな》っていると、遠くから史の声が聞こえた。

「ねえさち、いつまでこうしてればいいのー？」

「なあ、まだー？」

慌《あわ》てて理事長室のほうに戻《もど》ると、いい子の史と碧斗は佐知達の言いつけをちゃんと守って、耳を塞《ふさ》いで目を瞑《つぶ》ったままでいた。

「ごめんごめん、もういいよ」

「もう！　ぼくたちのことわすれちゃってたでしょ！」

「おれたち、ちゃんといわれたとおりにしたのに！」

ぷうっと頬《ほお》を膨《ふく》らませて怒《おこ》る二人に平謝りしながら、佐知はとにかく賢吾の言葉を信じようと決める。

月島だって、九条が本気で嫌がることはしないはずだ。

……だよな？

『ねえぼく、あおとのいえにとまりにいってもいい？』

文化祭で一緒《いっしょ》に撮《と》った写真を見たいから、という理由で碧斗の家に泊《と》まりに行くことにした史と別れ、佐知と賢吾は二人で車に乗り込んでしばしドライブを楽しむ。

「せっかくだから、俺が建てたホテルを見に行かねえか？」

佐知の返事も聞かずに、車が高速に乗る。どうやら決定事項《じこう》らしい。否《いな》やはないので、佐知はそれに触《ふ》れずに話を続けた。

「ホテル？　もしかして、ここんとこずっと忙《いそが》しくしてたのって、それ？」

「ああ。まだオープン前だが、鍵《かぎ》は俺が持ってる。お前を栄《は》えある一人目の宿泊《しゅくはく》者にしてやろう」

「ははー、それはありがたき幸せ」

……なんてことを言いながら、久々に賢吾と過ごす二人きりの時間にちょっと気持ちが昂《たかぶ》る佐知だ。もちろん、まだ話さないといけないことはあるから、期待を悟《さと》られないように顔を引き締《し》める。

「くくっ」

「何だよ」

「いや、月島のやつ、上手くやったかなと思ってな」

「本当に大丈夫なんだろうな。九条さんが罪悪感で丸め込まれちゃわないか心配なんだけど」

「いいじゃねえか。きっかけは罪悪感だろうが何だろうが、あの二人が思い合ってるのは本当なんだから」

「賢吾の目にも、そう見えた？」

「まあな。要するにあれだろ？　お前がここんとこずっと月島と会ってたのも、あいつの恋愛《れんあい》相談に乗ってた、と」

「やっぱりバレてたか」

伊勢崎にバレているぐらいだから、賢吾にも何となくは悟られているかもしれないという気はしていた。

「はっきり分かったのはさっきだけどな。もしかしたら、あいつがお前に会うための言い訳にしてるのかもしれねえと思ってたし。分からねえのは、何でお前がそんなにあいつのために親身になるかってことだよ」

「そのことなんだけど」

救急車で運ばれていく時、月島が佐知に言ったのだ。

『東雲に全部教えてあげて。九条を助けてもらったし、意地悪もそろそろ終わりにするよ』

正直、肩《かた》の荷が一気に下りた気持ちだった。これでようやく、賢吾に全部話せる。

佐知は賢吾に、中学の頃に月島との間に起きたことを話した。

「──で、言っちゃったんだよね、俺、『嘘を吐《つ》くなよ』って」

「……月島の秘密を暴《あば》いちまった訳か。何というか、お前らしいな」

高速を走っていた車が、一般《いっぱん》道へと降りていく。目的地が近づいてきたらしい。街中に変わった景色を眺《なが》めながら、佐知は先を続ける。

「どうして分かったのかって聞かれたんだ。それで俺、賢吾に似てるから、って言っちゃって」

「………………」

「あの頃は俺、どうして自分が月島のことが気になるのか、よく分かってなかったんだ。でも、今はよく分かる。あの頃の月島は、本当に何にも興味がなくて、俺は無意識に賢吾がこうなったらどうしようって不安だったんだ。……月島に失礼だよな」

そして月島は、自分が佐知にそんな風に思われていることに気づいていた。そういう負い目もあって、佐知は月島の役に立ちたいと思ったのだ。

もう日も暮れているのに、制服姿の中高生が歩道を歩くのをちらほらと見かけた。制服姿を思い出す時、佐知の隣《となり》にはいつだって賢吾がいる。意識しなくても賢吾は当たり前に佐知の特別で、いつだって佐知の中心にいて、だから月島に対して失礼なことをしている自覚もなかった。

「……はあ」

賢吾が大きくため息を吐く。

「お前ってすげえずるいよな」

「え？　どこが？」

「俺はすげえムカついてたんだぞ」

「まあ、そうだな」

めちゃくちゃ怒ってたよな、うん。

「喧嘩《けんか》ができるようになったのはよかったとは思うが、俺より月島を優先したことは絶対に根に持ってやるって思ってたんだ」

「そ、そうなの？」

「おう。けどな、そんな風に言われたら、許すしかねえだろ」

賢吾の手が佐知の手を摑《つか》む。そしてそのままシフトレバーに乗せられた。

「……こんな風な喧嘩をしたの、初めてだったよな？　どうだった？」

「最悪だな。お前と史のいねえ家に帰る意味って何だって何度も思ったぞ」

「でも、これからもこういうことはたぶんいっぱいあるから覚悟《かくご》しろよ？」

「いっぱいはなくてもいいだろうが」

「俺は、お前が勝手にしろって怒ったの、ムカついたけどちょっと嬉《うれ》しかったよ？」

「…………」

「前にさ、浮気《うわき》以外は何でも勝手にやれって言ってくれたことがあっただろ？　あの時はお前の包容力にくらくらしたけど、よく考えたらそれって、お前の気持ちは二の次なんだよな。何でも俺のやりたいようにやっていいって言ってくれてるけど、それをお前がどう思うかっていうのは入ってないんだ」

賢吾は、いつだって佐知の居心地《いごこち》のよさを優先する。そりゃあ、賢吾にだって譲《ゆず》れない最低限の部分はあるけれど、これまでの賢吾なら、たとえその譲れないと思う最低限の部分だって、最後には譲ってしまっていただろうと思う。

「……もうすぐ着くから」

「うん」

「着いたらすぐ抱《だ》くからな」

「……うん」

車が、ホテルの駐車場《ちゅうしゃ》に入っていく。街中に溶《と》け込んだお洒落《しゃれ》な外観を見る余裕《よゆう》もなく、ただどきどきしているのを隠《かく》すのに必死だった。

車から降りる時、賢吾の手が離《はな》れる。けれど降りてすぐにまたその手が迎《むか》えに来て、優《やさ》しく手を引かれてホテルの中に入った。

「うわ、すごいな……」

入ってすぐに目を引いたのは、綺麗《きれい》な花が飾《かざ》られた空間。だがその空間にはフロントがなく、佐知が首を傾《かし》げている間に賢吾がエレベーターの扉《とびら》を開ける。

「どうぞ」

紳士《しんし》的な仕草で招かれると、執事喫茶《しつじきっさ》の時の燕尾服《えんびふく》姿を思い出す。促《うなが》されるままに乗り込むと、賢吾はスーツのポケットから出したカードキーをエレベーターに差し込んだ。

なるほど。カードキーがないとエレベーターが動かない仕様になっているらしい。

「このホテルは完全予約制でな。いちいち誰《だれ》かと顔を合わせたくない金持ちをターゲットにしてる」

「ああ、だからフロントがなかったんだ」

「そう。入口もいくつかあって、エレベーターも一部屋につき一基。だから、こんなことだってできる」

賢吾が佐知の肩をとんとつき、エレベーターの壁《かべ》に追い詰《つ》める。逆らうつもりはなかったが、恥《は》ずかしさでつい賢吾の体に両手をついたら、その手をそのまま高いところに上げられて、壁に押しつけて拘束《こうそく》された。

「俺と、キスしたくないか？」

ふっ、と唇《くちびる》に吐息《といき》を吹《ふ》きかけられる。それだけでたまらない気持ちになって、目が賢吾の唇を追いかけた。

「……したい」

「いい子だな」

素直《すなお》に言えたご褒美《ほうび》が、唇に触《ふ》れる。くちゅりといやらしいキスをされて、舌が気持ちよくてもっとと強請《ねだ》った。

賢吾の手が、エレベーターのボタンを押す。ぽん、と軽い音と共に浮遊感《ふゆうかん》が訪《おとず》れたが、二人はキスに夢中だった。

「ふ……っ、ん、ん……ぅ」

ぽん。閉まった時と同じ軽《かろ》やかな音と共に扉が開く。

エレベーターから出ると、そこはもう広い部屋だった。キスをしながら、賢吾の手に衣服を剝《は》がされる。佐知も賢吾の服を剝ごうとしたが、何故《なぜ》か賢吾はそれを許さなかった。

どうして、と疑問を口にしたくても、賢吾のキスに籠絡《ろうらく》される。そうして夢中でキスをして、賢吾の前に素肌《すはだ》を晒《さら》して、ああもう早く賢吾と一つになりたいと思った時、火照《ほて》った体にひやりとしたものが当たった。

「……？」

いつの間にか広い部屋の片隅《かたすみ》に追いやられ、椅子《いす》らしきものの上に乗せられている。何かおかしいと思った佐知は我に返り、賢吾にストップをかけた。

「賢吾、何これ？」

パーティションで区切られていたので入った時には気づかなかったが、医療《いりょう》器具のような椅子だ。喩《たと》えるなら、産婦人科で使う検診《けんしん》台のような——

「これか？　これはな……？」

かちゃり。

「え？」

気がついた時には、手足に枷《かせ》が嵌《は》められていた。

「な、何だよこれっ」

「このホテルは、金持ち相手の完全予約制のホテルだって言ったよな？　こういうことをするために、プライバシーに特別な配慮《はいりょ》がされてんだ」

「こういうこと、って……」

ぶわっと体中から冷や汗《あせ》が出る。

「佐知、言ったよな？　俺はすげえムカついてたって」

「い、言ってたけどっ、過去形だったたし、許すって言ってたじゃん！」

「そうだ。許すって言った。だが、何もなしで許すとは言ってねえ」

「屁理屈《へりくつ》じゃんか！　お前、俺を嵌めやがったな！」

「嵌めたのは手錠《てじょう》。まあ、これから別のものもハメるけど」

「げ、下品なこと言うなよ馬鹿《ばか》!!」

逃《に》げようとしても、手足の拘束ががしゃんと音を立てて邪魔《じゃま》をした。

これはまさか、SとかMとかいうやつじゃないのか。

「お、俺、痛いのはちょっと……っ」

「嘘吐《うそつ》くな。痛いのも恥ずかしいのも、好きだって知ってるぞ？」

賢吾が佐知の膝《ひざ》に手をかけると、抵抗《ていこう》することもできずに足が開いていく。

「け、賢吾っ、俺が悪かったからっ」

「今更《いまさら》だな、佐知。いつだって何しても俺が許すと思って、俺のことを舐《な》めてんだろ？」

「な、舐めてなんか……っ」

開いた足の間に、賢吾の体が入ってくる。大きな手のひらが佐知の腹を撫《な》で、つぅっと胸元《むなもと》に伸《の》びて、きゅっと尖《とが》りを抓《つね》られた。

「……っ」

「まあ、正解だな。俺はお前がどんなに我が儘《まま》放題しても、結局のところは許すしかねえ。けどな、せっかくお前が俺に我慢《がまん》ばかりするなと言ってくれてることだし？　これからは、こういうことがあるたびに、お仕置きをすることにする」

「おし、おき……？」

「そうだ。たとえば、こうして、な？」

蕾《つぼみ》に何か冷たいものが押しつけられ、身構える間もなく何かがぐちゅりと入ってくる。

「な、何……!?」

「ただのジェルだ。今からここをどんな風にしても大丈夫《だいじょうぶ》なように、たっぷり注いどいてやるからな？」

「や、やだ、大丈夫じゃない、大丈夫じゃ……あ、あ、ああっ」

指が二本、ぐちゅりと無理やりに挿入《そうにゅう》された。賢吾が指を出し入れするたび、ぐちゅぐちゅと恥ずかしい音が立つ。

「すごいな、佐知。中がうねってる。これじゃあ、お仕置きにならねえんじゃねえか？」

「あ、あ、そんな、そんなこと……っ、ああっ」

こんな恥ずかしいことは断じてしたくない。今だって泣き出したいぐらいなのに。……そのはずなのに、性器が痛いぐらいに主張している。賢吾の視線がそこを見た。どうしよう。見てる。見られてる。これじゃあ、信じてなんかもらえない。

ジェルに濡《ぬ》れた賢吾の指が、そこに触れる。それだけでぷしゅりと少し漏《も》らしてしまったのに、賢吾はお構いなしでそこを擦《こす》り始めた。

「あ、あ、やだっ、やだ、あ、あっ」

奥を苛《いじ》める指と、前を苛める指。自分だけが一方的に高められ、恥ずかしいのに足を閉じることすら許されない。

「このまま、一人で達《い》くか？」

「やだやだっ、あ、あ、やだぁっ」

ぶんぶんと首を振《ふ》って嫌《いや》だと訴《うった》える。こんな一方的なのは嫌だ。ひどい。

「どうして嫌なんだ？」

「だってそんなっ、あ、あ……っ、一人で、やだっ、あ、あっ」

「そうだよな。一人は嫌だよな。……俺は一人で家で留守番してたけど」

ひぐっ、と佐知の喉《のど》からひしゃげたような声が出た。めちゃくちゃ根に持っている。

「ごめ、あ、ごめんなさ……っ、あ、ぁっ」

「じゃあ佐知、約束できるか？　次からはどんなに喧嘩《けんか》をしても、家出だけはしないって」

「そ、そんなの……っ、あ、ああっ、あ、やだやだっ」

反論は許さないとばかりに、佐知を苛《さいな》む賢吾の指の動きが意地悪になる。

「あ、ぁっ、あ、わかった、わかった、からぁっ、あ、あ、あぁっ」

こんなのずるい。そう思うが、それだけ一人での留守番が寂《さび》しかったのかと思うと、こんなことをされているのにもかかわらず、ちょっとだけきゅんとしてしまう。本当に俺は馬鹿だ。

佐知が涙《なみだ》ぐみながら必死で頷《うなず》くのを見て、賢吾の指がようやく止まった。

「いい子だな、佐知。じゃあ、ご褒美をやろうな？」

かちゃかちゃ、と賢吾がベルトを緩《ゆる》める音がして、望んでいた温《ぬく》もりが蕾に当たる。

「ぁ……あ……」

検診台はちょうど賢吾が立ったまま佐知を貫《つらぬ》ける高さで、佐知は賢吾に触れることもできず、ぬちゅりと音を立てるその場所だけで賢吾を感じた。

「あ……あぁ……ぁ……っ」

ゆっくりと出し入れが繰《く》り返され、じれったさに唇を噛《か》みしめる。気持ちいい。気持ちいいけれど、望んでいる気持ちよさには足りない。引き寄せたくても手も足もどうにもできず、佐知はただ中途半端《ちゅうとはんぱ》な快楽に体を震《ふる》わせた。

「な、なあ、賢吾、こんなのやだ、あ、おねが……ぁっ」

「佐知が言ったんだろう？　喧嘩できて嬉《うれ》しかったって。俺は怒《おこ》ってもいいんだったよな？」

「あ、あ、そうだけど、でも、あ、そう、だけど……っ」

「今までは俺が呑《の》み込んでた感情をぶつけても、佐知はちゃんと受け入れてくれるんだろう？」

「あ、そうだ、けど、あ、あ……」

そうか。そういうことになってしまうのか。

確かに佐知は、賢吾だけに我慢させたくないと思った。だから、賢吾がこれで我慢しなくて済むなら、どんな風にされたって……すごくいいけど、感じちゃうけど。

「だったら、いいよな？」

「……ん、ん」

これは仕方ないのだ。賢吾が我慢しないためだから。佐知が気持ちよくなっちゃうからじゃなくて、賢吾のためにやってるから、恥《は》ずかしくても、やめてもらえなくても、仕方ない。

賢吾に唆《そそのか》されるまま、うんうんと頷く。その間も賢吾の腰《こし》はゆるゆると動いていたけれど、佐知の言質《げんち》を取った途端《とたん》、ぱちゅんと音を立てて賢吾の腰骨が当たるぐらい奥まで突《つ》き入れられた。

「あ……っ！」

中途半端な快楽の最中にするどい快楽をぶつけられ、ぷしゅっと性器から蜜《みつ》が噴《ふ》く。それを狙《ねら》うように奥の弱いところを執拗《しつよう》に揺《ゆ》さぶられ、すぐに佐知の腹は自ら出したものでべとべとになってしまった。

「あ、あ、だめ、あ、あ、そこは、あ、あっ」

無意識に抵抗したくなるけれど、かしゃんと音がするだけで、賢吾を止めることも抱《だ》きしめることもできない。

「佐知、そろそろ達《い》きそうだな？」

賢吾の目に、監視《かんし》されている。奥だけを苛まれ、体に触《ふ》れられることなくセックスを終えるなんて、まるで自分が物になったみたいだ。ものすごく腹が立つのに、賢吾にそういう扱《あつか》いをされていることにすら興奮してしまう、自分の体が嫌だ。

「賢吾、あ、いく、いく……っ」

「俺はまだだぞ？　一人で達くのか？」

「あ、ごめ、あ、あ、でも……あ、ごめん、なさ……っ、あ、ああっ！」

ぶしゅりと噴き上げる感触《かんしょく》と共に、自分の奥が収縮する。一人で達してしまったことが恥ずかしかったが、恥ずかしさを感じる暇《ひま》はなかった。

「あ、何で？　あ、あっ、何でぇ……あ、やだやだ、待って、あ、あっ」

佐知が達したというのに、賢吾の腰のリズムは止まらない。先ほどまでとまったく変わらぬリズムで、佐知の奥を苛んだ。

「あ、だめだめっ、いってる、いってる、あ、あっ、だめだって、ばぁ……っ！」

ぷしゅぷしゅと性器から蜜が出続ける。断続的に、いつまでも、止めたくても止まらない。

「いやぁっ、あ、あ、だめっ、あ、あ……」

とうとう、蜜とは違《ちが》うさらりとした何かが噴いた。そこまでしたらさすがにやめてくれると思ったのに、それでも賢吾の腰は止まらない。

「あ、けんご、あ、あ……だめ……も、やだ……」

悲鳴のようだった声が、段々うわごとのように弱々しくなっていく。ずっと達きっぱなしで、自分の体が分からなくなる。もう溶《と》けてしまってないのかもしれない。そう思うぐらい、感覚がおかしくなった。

「佐知、そろそろ達ってもいいか？」

ようやく待ち望んだ瞬間《しゅんかん》が来た時、佐知はすっかり泣いてしまっていて、ぐずぐずと泣きじゃくりながら必死に頷いた。

こんなに自分を苛んでいるくせに、こんな時にもお伺《うかが》いを立ててくる賢吾を憎《にく》らしく思いながら。

ぐっと奥まで押し込まれ、中で賢吾が果てるのが分かった。ほどなくして、かちゃかちゃと音を立てて、手足の拘束《こうそく》が外される。

自由になったと思った途端、佐知は最後の気力を振り絞《しぼ》ってばっと起き上がった。

そうして賢吾の胸に飛び込む。

「佐知？」

たぶん、殴《なぐ》られると思ったのだろう。驚《おどろ》いた声の賢吾にざまあみろと思いながら、佐知は賢吾をぎゅっと抱きしめてえぐえぐと泣いた。

「もう怒ったからな！　許さないからな！」

「分かったから、ちょっと一旦《いったん》離《はな》れ――」

「駄目《だめ》！　もう一回、ちゃんと抱けよ！」

「え……？」

賢吾が、佐知の顔を覗《のぞ》き込んでくる。

「怒ってるんじゃないのか？」

「怒ってるよ！　こんな、こんな一方的なことされて……っ！　でも、お前に我慢《がまん》させないために俺は我慢したんだから、今度は俺が我慢した分、ちゃんと優《やさ》しくして……」

「佐知」

賢吾の唇《くちびる》が佐知の涙を吸う。その後甘いキスが降りてきて、ようやく佐知は安心してほっと息を吐《は》く。

「今度は、ちゃんと触《さわ》って」

佐知が言った通りに、賢吾の手が佐知の体に触れる。それだけでまた簡単に体に熱が籠《こも》っていく。

「佐知、ごめ――」

謝罪の言葉を、キスで塞《ふさ》いだ。

謝らせたい訳じゃない。それじゃあ、また前と同じじゃないか。

「いいんだよ？　全部、お前のための俺だから、怒った時はちゃんとお仕置きして。でもその後は、うんと甘やかして。俺も、そうするから」

「……分かった」

そうして賢吾は、今度は佐知を優しく甘く抱いてくれた。それがちょっと物足りなく思えてしまったなんて、絶対に言えない。

これは本当に内緒《ないしょ》の話で、佐知の心にだけひっそりと仕舞《しま》っておくつもりだけれど。

時々は賢吾を怒らせて、それでお仕置きをされたい……なんて、そんな風に思ってしまうほど、意地悪な賢吾も大好きなのだ。


それから一週間が経《た》った休日。すっかり元気になった月島が東雲組を訪ねてきた。元気になった、とは言っても、まだ頭に大きなガーゼは貼《は》られていたが。

「今回は色々とありがとう。お礼を言うのが遅《おそ》くなってごめんね。ちょっと九条が過保護になっちゃって、頭を打っているのに出かけさせられないって言うものだから」

「何がごめんね、だ。顔面土砂《どしゃ》崩《くず》れで言われても、ちっとも説得力がねえんだよ」

月島の正面に座った賢吾が面白《おもしろ》くなさそうに顔を顰《しか》める。

月島を客間ではなく居間に通したのは、何やら色々勘違《かんちが》いしているらしい組員達が、若の恋敵《こいがたき》が乗り込んできたただ何だと騒《さわ》ぎ始めたからだ。

「こら賢吾、そういうことを言うなよ。ごめんな、月島。これでも一応、月島の恋が上手《うま》くいけばいいなって応援《おうえん》はしてるんだよ」

湯呑《ゆのみ》に入れたお茶を二人の前に置きながら賢吾の無礼を佐知が謝ると、月島はくすくすと笑いだした。

「え？　何で笑うんだよ」

「いや、前も思ったんだけれど、本当に二人は家族になったんだなって思って」

「……？　どういう意味だ？」

賢吾にも意味が分からなかったらしい。確かに二人は家族になったが、今の会話にそういう話は一切《いっさい》出てきていないと思う。

「東雲がやったことなのに、雨宮が代わりに謝るんだよね。それもすごく自然に。面白いなあと思って」

「なるほど。月島、お前は意外といいやつだな。いい着眼点だ」

「何言ってるんだよ、馬鹿《ばか》」

まったく意識していなかっただけに、何だか恥ずかしくなってきた。

「俺はずっと、東雲のことが嫌《きら》いだったのかもしれない。俺と同じくせに、雨宮っていう大事な人がいて、その大事な人に思われて、俺と東雲のどこが違うんだろうって不思議で仕方がなかった」

「月島……」

そう思わせてしまったのは、佐知のせいだ。佐知が無神経に月島に近づいて、勝手に同情して、不安がって。聡《さと》い月島はそのせいで賢吾のことを初めて意識したはずだ。

「だから東雲に意地悪をしてしまったんだ。雨宮は俺との約束を絶対に守ってくれると分かっていて、わざと東雲には言わないで欲しいと頼《たの》んだ。そのせいで喧嘩《けんか》までさせてしまってごめん」

賢吾は黙《だま》ってお茶を飲んでいたが、湯呑を置くとはあと大きくため息を吐いた。

「素直《すなお》に謝られると、怒《おこ》る気が失《う》せるな」

「許してくれるのかい？」

「これ以上、佐知を困らせるようなことをしなければ、な」

「自分に意地悪をしないように、とは言わないんだね」

「お前には、俺の気持ちがよく分かると思うが？」

「ふふ、そうだね」

二人同時に、ずずっとお茶を啜《すす》る。何だかよく分からないが、これで仲直り？　なのかな？

「で、あれから上手くいったのか？」

「まあ、いったようないかないような。一筋縄《ひとすじなわ》でいかないところがまた、九条のいいところなんだよ」

「へえ。じゃあ、まだ九条学園のあの土地はほったらかしか？　お前、妨害《ぼうがい》してたやつらに報復してただろ？」

「そこまで調査済みか。俺の名前が出ないようにはしたつもりなんだけれど、極道《ごくどう》の情報網《じょうほうもう》は侮《あなど》れないね」

「土地転がしは元々俺達の領分だからな。法に触《ふ》れないぎりぎりをいくのはいいが、あまり派手にやるとやくざに目をつけられるぞ」

「やくざの立場からのアドバイスをありがとう。その辺りは抜《ぬ》かりなくしているからご心配なく」

「まあ、お前ぐらいになると、それぐらい心得てるだろうな」

「ちょ、ちょっと待って。何の話？」

和《なご》やかに会話をし始めたと思ったのに、何故《なぜ》だか会話が不穏《ふおん》だ。九条学園の土地というのは、伊勢崎が言っていた新校舎を建設予定だった土地のことだろうな、というところまでは何とか分かったが、報復だなんて言葉が出るのは物騒《ぶっそう》すぎる。

法に触れないぎりぎりとはどういうことか。そもそも第三者である月島にどうこうできる話ではないはずじゃないか。

「俺はね、九条のお祖父《じい》さんに少しだけアドバイスをしてあげただけだよ？」

佐知の視線に気づいた月島が、にっこりと胡散臭《うさんくさ》い笑《え》みを浮《う》かべる。誰《だれ》にでも分け隔《へだ》てなく与《あた》えられる、月島の心無いスマイル。あれは絶対嘘《うそ》だ。嘘を吐いている時の笑顔だ。

「九条はね、いつも清廉潔白《せいれんけっぱく》で天使みたいな人だから、その九条の手を汚《けが》さなくて済むようにしてあげることが、俺が生まれた意味なんだって気づいたんだ」

「ちちち、違《ちが》うよ⁉　九条さんの知らないところで悪行に手を染めようとしてますって宣言に等しいこと言うなよ！　月島も一緒《いっしょ》に清廉潔白に生きていけよ！」

「ずっと、何のために人より少しばかり賢《かしこ》く生まれてしまったのかなと思っていたけれど、このためだったんだよね」

「違うって！　月島、今すぐ目を覚ませ！」

佐知は座卓《ざたく》をばんばん叩《たた》いて正気に返れと訴《うった》えたが、賢吾は止めるどころかうんうんと頷《うなず》いて理解を示す。

「好きな相手を守るためにできることがあるってのはいいことだよな」

「いいこと風に言うな！　どうせあれだろ⁉　法に触れないぎりぎりって言っても、ぎりぎりアウトなやつなんだろ⁉　九条さんにバラし……もがっ！」

「佐知、他所様《よそ》の恋愛《れんあい》に口を出すなんて野暮《やぼ》だぞ？」

賢吾に捕《つか》まって、手で口を塞がれる。

「もがもがっ、うぅぅっ！」

「月島の幸せを願ってやろうぜ？」

「ありがとう、東雲。俺、頑張《がんば》るよ」

放せと暴れる佐知を他所に、賢吾と月島は和やかに笑い合った。いやおかしいだろ、絶対におかしいだろ！

「ただいまー！　あ、つきしまさんだ！」

そこへ碧斗のところに遊びに行っていた史が伊勢崎と共に帰宅して、居間が一気に賑《にぎ》やかになる。

「やあ、史君。お久しぶり」

「月島さん、いらしていたんですか。ちょうどよかったです。月島さんとは一度、ゆっくりお話をしてみたいと思っていたんですよ」

伊勢崎がやけに友好的で、佐知は疑問を持つ。どちらかというと来客を喜ばないのが伊勢崎なのに、にこにこと笑っていて何だか気持ちが悪い。

「嬉《うれ》しいね。伊勢崎君、だったよね？」

「覚えていらっしゃったんですか」

「一度でも会った人は忘れないのが特技なんだ」

「それはそれは、素晴《すば》らしい能力ですね」

「それに君、九条学園の土地を見に来ていたでしょう？」

「ええ。その件で、ぜひ月島さんのお耳に入れたいことが」

「もがっ！　もがもがもがっ！」

伊勢崎まで暗躍《あんやく》していたのか。こいつらは本当に油断も隙《すき》も無い。こうなったら絶対に九条に言いつけてやる。

そう思ったら、賢吾がこそっと耳打ちをしてきた。

「月島を止めたら、九条学園は潰《つぶ》れるしかなくなるぞ。そうしたら、今井も卒業できなくなるかもな」

「……っ！」

何ということだ。佐知が言いつけたせいで九条学園が潰れてしまったら。そう思ったら、胃がきゅっと縮まる思いがした。

「必要悪ってやつだよ、佐知。大丈夫《だいじょうぶ》だ、俺を見ろよ。お前を好きな俺が、お前のそばにいるために必死なように、あいつだって九条のそばにいるために上手《うま》くやるさ。捕まるようなことはしねえよ」

本当だろうな？　目だけでそう訴えると、賢吾がにっと笑った。

賢吾がそう言うなら、信じてみてもいいかな。それに、たぶん佐知が告げ口をしなくても、いつか九条は気づくはずだ。佐知がずっと賢吾を見ているように、きっとこれから九条はずっと月島を見ているだろうから。

「ねえつきしまさん、いっしょにげーむしよ！」

「いいよ。この間のゲームは上手になった？」

「うん！」

月島の手を取って、史がいそいそとゲームの準備を始める。そうしてゲームをやり始める……かと思ったら、くるっとこちらを振《ふ》り返った。

「ぱぱ！　ぱぱもいっしょにやろ！」

「お、しょうがねえなあ。手加減しねえぞ？」

「のぞむところだよ！」

賢吾と史と月島。三人は並んでゲームを始める。

「あ、てめえこの野郎《やろう》！　何しやがるっ」

「ふふ、これはゲームのバグを利用した技《わざ》で……」

「汚《きたね》えぞっ！」

「そうだよずるい！」

月と太陽みたいにまるで違って見えた二人が仲良く並んでゲームする姿を見て、佐知は何だか幸せで笑ってしまった。

年月ってすごいな。

あの頃《ころ》、どこか寂《さみ》しげに見えた月島と賢吾の背中が、今はどちらも楽しげだ。

いつもむすっとした顔で周囲を威嚇《いかく》していた賢吾も、当たり障《さわ》りない笑顔で他人を拒絶《きょぜつ》していた月島も、今はもういない。

「おい佐知、お前も一緒にやろうぜ」

「手加減してあげるから、こっちにおいでよ」

振り返った二人が、佐知に声をかけてくる。

「さち！　ぼくといっしょにぱぱたちをたおそ！」

あの頃の自分に教えてやりたい。二人ともちゃんと心から笑えるようになっているんだぞ、と。

「馬鹿《ばか》にすんなよ！　絶対負けないからな！」

そして誰《だれ》より佐知だって、最高に幸せである、と。

あとがき

皆様《みなさま》こんにちは、佐倉温《さくらはる》です。無事に最後まで楽しんでいただけましたでしょうか？

今回は二人の青春時代を盛り込んだお話です。昨年から世界的に息苦しさを感じる生活を送る中で、今回は特に、読んだ人に笑顔になって欲しい、という気持ちを込めて書きました。

巻数を重ねるごとに、賢吾《けんご》と佐知《さち》の関係性に変化が訪《おとず》れ、今回はついに……というところまで来ております（笑）。あの賢吾が？　と思うと感慨《かんがい》深いですが、その辺りも楽しんでいただければ嬉《うれ》しいです。

そして毎度の新キャラとなります月島《つきしま》と九条《くじょう》ですが、彼らは今回、添《そ》え物と言っては失礼なんですが、賢吾と佐知を学校という場所に導くキャラとして作ったつもりでした。ですが、桜《さくら》城《ぎ》先生からいただいたラフの彼らを見て、書いてよかったとしみじみ噛《か》み締《し》めています。月島が恰好《かっこ》良すぎて、担当様とにやにやしました（笑）。

ここを先に読んでいる方がいらっしゃるかもしれませんので、ネタバレはしないようにしたいんですが、今作では賢吾を書いているのもとても楽しかったです。拗《す》ねていたり茶目っ気たっぷりだったりと、賢吾の新しい一面を書くことができたのではないかな、と思っています。

後日談や小話などを、Ｔｗｉｔｔｅｒやカクヨムのルビー文庫公式ページでちょこちょこと書かせていただいております。よろしければ、そちらのほうもチェックしてみてくださると嬉しいです。

そして今作も、桜城やや先生がイラストを担当してくださいました。毎回、表紙の構図で悩《なや》ませてしまっていると思うのですが、今回ものすごく素敵な三人を描《か》いてくださっております。本当にありがとうございます！　現在、電子版CIEL様で『極道さんは今日もパパで愛妻家』のコミカライズも連載《れんさい》中です。特に史《ふみ》のいじらしさが出ている巻だと思っているので、そのお話を漫画《まんが》で読めることを毎回楽しみにしております。皆様も、ぜひぜひ。

それから担当様。いつも私の取っ散らかった頭の中の整理に付き合ってくださって、ありがとうございます（笑）。長電話に付き合わせてしまって申し訳ないと思いつつ、いつも本当に助けられています。これからもどうぞ、よろしくお付き合いくださいませ。

そして最後に、この本を手に取ってくださった皆様。皆様のお陰《かげ》で、賢吾と佐知の関係もついにここまで変化しました。いつも二人の成長を見守ってくださり、本当にありがとうございます。このようなご時世、気持ちがしんどくなってしまうことや、寂《さび》しさを感じてしまうことがあるかもしれません。そういう時でも、どうか賢吾と佐知が皆様の笑顔を作るお手伝いができますように。

それでは、また次作でお会いできることを願っております。

二〇二一年　四月　　　　　　　　佐倉　温

KADOKAWA
RUBY BUNKO

極道《ごくどう》さんは青春《せいしゆん》時代《じだい》もパパで愛妻家《あいさいか》

佐倉《さくら》温《はる》

角川ルビー文庫　22694

2021年6月1日　初版発行

発行者――青柳昌行
発　行――株式会社KADOKAWA
〒102-8177　東京都千代田区富士見2-13-3
電話 0570-002-301（ナビダイヤル）

印刷所――株式会社暁印刷
製本所――株式会社ビルディング・ブックセンター
装幀者――鈴木洋介

ISBN978-4-04-111509-1　C0193　定価はカバーに表示してあります。